集英社オレンジ文庫

精霊指定都市

精霊探偵社《So Sweet》と緋色の総帥

我鳥彩子

Contents

第一話

精霊探偵社《So Sweet》と緋色の総帥

1

欅《けやき》区欅通り一丁目、欅第一ビル三階。精霊探偵社《So Sweet》。

欅通りは、その名のとおり欅並木が印象的な、この地区切っての繁華街《はんかがい》である。夏休みの午後ということもあり、学生年代の若者もたくさん行き交っている。

通りに立ち並ぶ様々な建物の中、赤レンガ造りのレトロな雰囲気《ふんいき》を漂わせる雑居ビルの前でタクシーから降りた私は、改めてメモに目を落とした。続いて、ビルの入り口の案内板にも、『3F　精霊探偵社《So Sweet》』とあるのを確認する。

とりあえずエレベータで三階まで上がると、降りてすぐそこが目的地だった。黒に近い重厚な茶色の扉横に、小洒落《こじゃれ》た書体で『精霊探偵社《So Sweet》』と刻まれた銅製の看板が掲《かか》げられている。

――何度見ても、胡散臭《うさんくさ》い社名……。

So Sweet?　とても甘い?　可愛い?

なんだか甘ったるくて、ホストクラブみたいな名前だ（そういう場所に行ったことはないけれど！）。

　扉に付けられたアンティークなノッカーを叩こうかどうしようか逡巡《しゅんじゅん》していると、不意に目の前の扉が開いた。外開きの扉にぶつかりそうになった私は慌てて横に避け、出てきた人も私の存在に気づいて頭を下げた。

「これは失礼しました。当社に御用の方ですか？」

　やわらかい口調で言ったのはスーツ姿の若い男性で、その後ろからもうひとり、同じ年《とし》恰好《かっこう》の青年が出てくる。ふたりともすらりとスタイルが良くて整った顔立ちをしていた。

やっぱりホストクラブ？

「あれ、お客さんだ？　おーい、お客さんだよー」

　後から来た人が奥へそう声をかけ、私には「どうぞごゆっくり」と笑顔で言って、ふたりはエレベータに乗り込んでいった。

「御用の方ですか。どうぞこちらへ」

　同僚（？）に呼ばれて奥から出てきたのは、先のふたりよりは少し年長と見える、これまた銀縁眼鏡《ぎんぶちめがね》が似合う知的なイケメンで、案内されるまま通されたのは広い応接間のような部屋だった。足元はふかふかの絨毯《じゅうたん》、天井からはキラキラのシャンデリアが下がり、高級そうなソファやテーブルセットが置かれている。

　そしてその部屋の中央、ひとり掛けのソファに長い脚を組んで座っているのは、鮮やかな緋色《ひいろ》のスーツに身を包んだ青年だった。

まず、まるで舞台衣装の如《ごと》き派手な色のスーツを着こなしていることに驚き、シャンデリアの光を照り返すような水際立《みずぎわだ》った美貌《びぼう》に見つめられて、一瞬、息が止まった。

――間違いない、ホストクラブだ！　きっとこの人がナンバーワンだ！

齢《とし》は眼鏡の人より若そうだけど、不思議な貫禄《かんろく》と徒《ただ》ならぬ雰囲気が溢《あふ》れ出ている。

来るところを間違えた。ここは、幼稚園からの女子校育ち十三年目を数える私が足を踏み入れるような場所じゃない。

「すみません、間違えました！」

頭を下げ、慌てて踵《きびす》を返そうとする私を、徒ならぬ緋色スーツの人が呼び止めた。

「待ってよ、君がだりあちゃんじゃないの？」

「え――」

名前を呼ばれて、私はぱちくりとした。

「はい……花森《はなもり》だりあです、けど――」

「撫子《なでしこ》さんの曾孫《ひまご》なんだよね？」

「そうです。大《おお》ばあさまから、ここに行くようにと言われて――」

この住所のメモをもらってきたのだ。ここへ行けば、相談に乗ってもらえるから、と。

でも、ホストクラブで私の悩みを解決してもらえるとは思えない。大ばあさま、きっとメモに書く住所を間違えたのだ。

「すみません、やっぱり間違えたみたいです。失礼しました」

再度頭を下げる私に、やはり再度引き留めの声がかかる。

「待って待って、間違いじゃないよ。撫子さんから話は聞いてる。見え過ぎちゃって困るだりあちゃんでしょ？　だったら君はうちのお客さんだよ」

「――……」

ヨーロッパのお城にでも飾られている彫刻みたいな、品良く整った顔立ちの割に、砕《くだ》けた喋《しゃべ》り方をする緋色スーツの青年を、私は控えめに見つめ返した。

「ここ、ホストクラブじゃないんですか……？」

私の問いに反応したのは、眼鏡の青年だった。

「どこがホストクラブですか。当社はれっきとした精霊探偵社です」

銀縁眼鏡の奥から厳しい目を向けられて、私は首を竦《すく》めた。

「だからその、精霊探偵社、というのがよく……」

わからないというか。ついでに言うと、《So Sweet》もわからない。その名前のせいで、ホストクラブ疑惑が湧いたんだし。もっと言うなら、この部屋の堅気《かたぎ》じゃない感じの内装も誤解を招くと思う……。

「まあまあ、とにかく詳しい話を聞かせてくれないかな。さあ、座って」

向かいのソファを勧める緋色スーツの青年に、私はまだ戸惑いと警戒心を解ききれずに訊ねた。

「あの――失礼ですが、あなたは？」

「ああ、ごめん。自己紹介してなかったね。僕はこの精霊探偵社の主で、まあ、総師《そうすい》と呼んでくれればいいよ。こっちは、秘書の浚《さらい》。他にも何人か社員がいるけど、今はみんな出払っててね」

そういえば、さっきもふたり、私とすれ違いにどこかへ出かけて行ったっけ。

それはともかく、「総師と呼んで」って何？　差し出された名刺（やっぱりホストクラブを疑いたくなるような小洒落たデザイン！）にも、名前はなく、ただ社名と並んで『総師』と肩書が書かれているだけだった。秘書の名刺も同じで、ただ『秘書・浚』としかない。浚って、名前？　名字《みようじ》？　自己紹介されても不審がまったく拭《ぬぐ》えないってすごい。

気持ち的にはとても腰を下ろす気になれなかったけれど、裏腹に身体《からだ》はそろそろ限界を訴えていた。見えるもの聞こえるものがうるさくて、立っていられない――。

私はソファに崩れ落ちるように座り、胸に手を当てて息を整えた。そんな私を見て総師が言う。

「辛《つら》そうだね。ちょっと手を出してごらん」

「え？」

「総帥が仰《おつしや》っています。早く手を」

脇に控えている浚さんから厳しい口調で急《せ》かされ、私は反射的に右手を差し出した。総帥はテーブル越しに私の手を取り、両手で優しく包み込むように握った。

「……！」

だから私は、幼稚園からの女子校育ち、男の人に手を握られた経験なんてないのだ。突然の出来事に身体が硬直し、頭に血が昇った。

カーッと顔が熱くなったけれど、ついでに身体も熱にほぐされたようにふわふわしてきた。見え過ぎていたものの姿が遠のき、聞こえ過ぎていたものの声が薄れてゆく。

——何これ……すごい身体が楽……。

「ああ、これは相当溜まってるね」

そうつぶやく総帥に手を握られたまま、私はまるで夢見心地だった。

ここ最近の私の日常は、ずっとがやがやうるさいパーティ会場の真ん中に放り込まれたみたいだったのだ。それが今は、そのパーティ会場から抜け出して隣の部屋へ避難したような感じだ。賑《にぎ》やかな気配や物音が完全に消えたわけではないけれど、騒ぎのど真ん中にいるのと比べたら、遥《はる》かに神経が安らぐ。

こんなに穏やかな世界を感じるのはどれだけぶりだろう――。

自分が目を閉じているのか開けているのかもわからなくなっていた。夢か現《うつつ》か定かでない世界で、総帥がささやくように訊ねた。

「だりあちゃん、君の困りごとを話してごらん」

あまりにその声が優しくて、逆らう気にならなかった。私はここへやって来た経緯《いきさつ》を訥々《とつとつ》と語った。

私は子供の頃から、おかしな感覚に悩まされていた。周りのあらゆる物に重ねて、色とりどりのオーラみたいなものが見える。学校にいても、周りの友達より、傍に生えている木や草の方と寄り添っている感覚があった。人より自然物に近い感覚。何だったら、自然と一体になっているような感覚。自分でも、その感覚が何なのかわからない。

土手の道を歩けば、風に揺れるススキと一緒に自分もそよいでいる感覚になったし、道端のタンポポと同じ目線になって、人が歩いてゆく足の裏や通り過ぎてゆく自動車のタイヤを見た。雨の日は泥水が撥《は》ねてくるし、悪戯《いたずら》な子供たちに踏まれたり摘《つ》まれたりする。タンポポは厭《いや》だ、厭だ――。

子供の頃は、その感覚をよく友達や母親に話していた。物心つく前に両親が離婚しており、私に父親はいなかった。その日にあったことを家で話す相手といえば母親だけで、母は私の話を黙って聞いてくれた。けれど、周りの友達の反応から、他の子はこんな感覚を知らないらしいと気づき始め、自分は変なのだと思うようになった。

さっき私、タンポポになってた。桜の木になってた――。こんなことばかり言っていたら、変な子だと思われる。不思議な感覚のことを、だんだん口にしなくなっていった。

けれど、口にしないからといって、この感覚が消えることはなかった。そして今年の七月初め、十六歳の誕生日を迎えた頃から、症状が一気に悪化した。自分が周りの何かになってしまっている感覚だけでなく、今までぼんやりふわふわとしか見えていなかったオーラ（と自分の中で便宜《べんぎ》的に呼んでいる）がはっきり見えるようになり、それらが発する声のようなものも聞こえ始めた。

特にひどいのは、樹齢《じゅれい》の長い木や、作られてから長い年月の経っている人工物だった。そういった物たちのオーラは目立つはっきりした色をしていることが多く、よく動くし、よく喋る。そのせいで、学校へ行けなくなってしまった。

都内にある、母も通った幼稚園から一貫教育の名門女子校は、周りに自然が多い上、建物も設備も伝統があり（つまり古い）、それらがこちらをじっと見つめたり、話しかけてきたり、根性のあるオーラは本体から抜け出して様々な姿を取った上にこちらに纏《まと》わりついてきたりして、とても授業を受けられる状態ではない。

学校を休んで部屋に閉じ籠《こも》ったところで、今度は身の回りの物が一斉に喋り出し、オーラが様々な色を発して纏わりついてくる。布団を被《かぶ》って眠ろうとしても、まったく神経が休まらなかった。

自分は一体、どうしてしまったのか。こんな状況、人として正常とは思えない――。

ただ漠然《ばくぜん》と具合が悪いと言って乗り切るのにも限界があった。学校は夏休みに入ったけれど、ずっと引き籠り状態の私を心配する母に、とうとうすべてを打ち明けた。

てっきり、カウンセリングでも受けに病院へ連れて行かれるものと覚悟していたけれど、連れて行かれたのは母の実家だった。

母の故郷は某《ぼう》地方都市で、花森家といえば地元ではちょっと名の知れた資産家である。母自身は実家の事業を手伝うでもなく、都内の商社でバリバリ働くキャリアウーマンで、今回も出張ついでに私を花森家まで連れてきてくれたらしく、私を祖母に預けると、母はそのまま仕事に行ってしまった。

仕方がないので、母に打ち明けたのと同じ経緯《いきさつ》を祖母に話すと、祖母は私を別の屋敷(花森本家)に住んでいる曾祖母《そうそぼ》のもとへ連れて行った。ちなみに私は、祖母の百合子《ゆりこ》

（六十六歳）を「小《ちい》ばあさま」、曾祖母の撫子（八十七歳）を「大《おお》ばあさま」と呼んでいる。

大ばあさまは、花森家の最高権力者である。

大ばあさまの前で、三度《みたび》自分の状況を説明すると、今度は大ばあさまから「ここへ行って相談しなさい」とメモを渡された。ザ・たらい回し。

もっとも、普通の人には見えないものを見えると言い出すおかしな子供の扱いなんて、こんなものなのかもしれない。自嘲《じちょう》しながら、大ばあさまが呼んでくれたタクシーでメモの住所を訪ねて、現在に到る――。

この部屋の中にも、色とりどりのオーラが溢《あふ》れている。壁に掛かった絵、シャンデリア、絨毯《じゅうたん》、テーブル、ティーセット、花瓶《かびん》、花瓶に活《い》けられた花、いろいろなものが一斉に私に話しかけ、本体から抜け出たオーラが毛玉のボールみたいな姿を取ってぴょんぴょん跳ね回っていたり、スライムみたいな物体になってねっとりと纏わりついてきたり。

そんな状況の中にいるのは、それだけで神経を消耗《しょうもう》する。神経の消耗は、体力も削《けず》ってゆく。今の私は、ひとりで長く外出していられる状態ではない。常時、四方八方から与えられる刺激のせいで、すぐに疲れてしまって立っていられなくなるのだ。

だから、具合が悪くて学校へ行けない、というのは決して嘘ではないのだけれど――その具合が悪い理由が現実離れしているので、おいそれと人には話せないだけである。

まあ、昨日から今日にかけては、もう何度も人に話しちゃったけど、果たして本気にしてもらえているかどうか――。

一通りの事情を話してから俯《うつむ》く私に、総師は頷《うなず》いた。

「もちろん、信じるよ。君の目は幻を見ているのでもなければ、脳がイレギュラーを起こしたのでもない」

私は顔を上げた。

「本当に……？」

「君に見えているものの正体を教えてあげよう」

そう言って総師は、私の手を握る両手の力を強めた。

「――」

それまでも、総師に手を握られているだけで随分《ずいぶん》、見えるものや聞こえる声が和《やわ》らいでいたけれど、総師が力を籠めた分、一層それらが薄らいでいった。もう、パーティ会場を離れて隣町の空き家まで来てしまったくらい――本来あるべきもの以外は何も見えない、何も聞こえない、ごく普通の世界が広がった。

私以外のみんなが見ている、当たり前の世界――。

ここはなんて静かなんだろう――。

ひどく安らかな気分になり、いつしか私は眠りに落ちていた。

2

夢の中、探偵社の広い応接間に、私は総師とふたりで立っていた。

何もない空間に、総師が両手の人差し指で扉のような大きい長方形を描く。そしてノブを摑《つか》んで開くような仕種《しぐさ》をすると、その向こうに緑色の自然が広がった。

「――!?」

私は目を瞠《みは》った。

総師が描いた長方形の扉の周りは確かに探偵社の応接間なのに、扉の向こうは緑豊かな別の場所なのだ。

これは夢の中だから――？　無理矢理そう自分を納得させて、総師に手を引かれるまま、扉の向こうに足を踏み出した。

足がやわらかい草を踏む感触はとてもリアルだった。肌に感じる涼しく澄んだ空気も、髪をそよがせて吹き抜ける風も気持ちいい。私たちは小高い丘の上、大きな欅《けやき》の木の下にいた。いつの間にか扉は消えている。

「ここは、精霊の都だよ」

「せいれいのみやこ」

総帥の言葉に、私は馬鹿みたいに鸚鵡返《おうむがえ》しすることしか出来なかった。意味がわからなかったのだ。

「ここは人が住む世界の裏側にある。表裏は一体だから、大まかな地形や目印になるものはほぼ同じ。この欅の木は、反対側の世界では欅第一ビルの場所だよ」

「ここが!?　あのビル？」

私は大きな欅の木を見上げた。

じっと見つめていると、太い幹を通して、欅の木に宿るオーラが見えた。学校の周りにある木々とは違い、とても穏やかで、木と一体化して同じ色をしていて、抜け出してきたりうるさく私に話しかけてきたりはしない。

丘の周りを見回しても、見渡す限り人工物が何もなく、大きな木々が育ち、花が咲き、川が流れ、鳥が空を飛んでいる。まるで絵に描いたような自然の風景だった。

足元の草にも、咲いている花にも、オーラが見える。けれどそれらもみんな穏やかで、私の神経を疲れさせるようなどぎつい色を発したり、うるさい音を立てたりしない。今、この風景の中で一番うるさいのは、総帥が着ている真っ赤なスーツの色かもしれなかった。

「よくわからないけど……ここはとても落ち着きます。静かで、みんな穏やかで――」

私は大きく深呼吸した。空気が美味《おい》しい。

「ここは精霊の都だからね。精霊による精霊のための世界だから、みんな穏やかに暮らしているんだ」

「精霊？　って――？」

「君がいつも見ているものだよ」

「えっ」

私は思わず、欅の木を振り返った。静かに木に宿ったままのオーラ。これが、精霊？

これを、精霊と呼ぶの？

「精霊というのはね、万物に宿る存在だよ」

総帥はまるで世間話でもするように、なんでもない口調で説明を始めた。

「木や草などの自然物だけじゃない、人間にも動物にも、大量生産の人工物にも精霊は宿る。ただね、順序として、先に物ありきなんだ。――たとえば、ここに向日葵《ひまわり》が咲いている」

近くで風にそよいでいる向日葵を指して総帥は言う。

「向日葵という花のすべてを司《つかさど》る《向日葵の精霊》がいるんじゃなくて、個々の向日葵に精霊が宿る。《向日葵の神様》だったら向日葵全体を司るんだろうけどね、《向日葵の精霊》は自分が宿った向日葵のみの精霊なんだ」

「……そうすると、世の中には無数の精霊がいることになりますけど。人や動物にも精霊が宿っているというなら、なおさら」

私は自分の手のひらをじっと見つめた。そして総帥の（うるさい色の）全身も眺めてみたけれど、自分の精霊も総帥の精霊も見えなかった。私が考えていることを読んだように、総帥はくすっと笑った。

「人間や動物みたいに、自分で動いたり声を出したり出来る生きものはね、生物としての力の方が強いから、精霊は内部に押さえ込まれてしまって、なかなか表には出てこられないんだよ」

「そうなんですか……」

確かに言われてみれば、今まで人や動物のオーラを見たことはなかった気がする。でも自分の中にも精霊が宿っていると言われると、なんだかドキドキして、私はそっと胸を押さえた。

「表立って見えても見えなくても、人も動物も雑草の一本一本にも、それぞれ精霊が宿っている。だけどね、大半の精霊は、宿っているだけで何もしない。本体に自分の存在を主張することもなく、周囲との接触も持たず、宿った本体と共に生きて死ぬ。精霊の九割九分が、そんな毒にも薬にもならない存在だよ。本体から積極的に抜け出したり、人間や周囲の物に何らかの力を働きかけるような精霊は、ごく稀《まれ》なんだ」

「ごく稀――？　その割に、私の周りは常に精霊のパーティ会場でしたけど」

釈然としない顔をする私に、総帥は、まだ続きがあるんだよ――という顔で言う。

「ただね、精霊の存在に気づいている人間を見つけると、何もしないで宿っているだけの精霊も、面白がって悪戯《いたずら》を仕掛けたりするんだよね。別に悪気があるわけじゃなくて、退屈しのぎというか、構って欲しくてつい――みたいな心理？」

「はぁっ？」

私は思わず目を剝《む》いた。

「じゃあ、私の周りに寄ってくるふわふわの毛玉とか、どぎつい色のスライムとか、時々は人間の姿を取る器用なのもいるけど――ああいうの全部、ただの構ってちゃんなんですか!?　私に何か用があるとかじゃないんですか」

「たぶん大半は、そう。まあ何か助けを求めてる精霊もいないとは言い切れないけどね」

「――……」

私は脱力して、やわらかい草の上に座り込んだ。

――つまり、私はずっと、精霊の退屈しのぎに付き合わされていたということ？　たまたま見えるから？　声が聞こえるから？

「時々、私が周りにある物に同化しちゃうのも、精霊の仕業《しわざ》――？」

「波長が合えば、そういうこともあるだろうね。君はそれくらい、精霊がよく見える目を持っているんだよ。見えれば、声も聞こえるし、相性次第で精霊と同化することも出来てしまうんだね」

「物そのものじゃなくて、そこに宿る精霊と同化してたんですか、私……!?」

そんな能力、要らないのに――！　と思わず草の上に拳を叩きつけると、雑草たちが悲しげにざわめいた。

「あっ――叩いてごめんね、痛かった？」

そう、幾度となく雑草に同化したことがある私は知っている。人の足や車に踏まれることには慣れている道端の雑草も、悪意で踏みにじられれば悲しむのだ。

羽を持たないものは地面に足を付かなければ進めないから、何も踏まずに歩くことは出来ない。優しい雑草たちはそれを理解していて、自分を踏むことを許してくれるけれど、必要以上の乱暴をされれば、悲鳴を上げる。それが聞こえてしまうから私も辛《つら》いのに、つい自分自身も感情に委《まか》せて物に当たってしまったりする。

叩いてしまった草を撫《な》でながら反省していると、総帥が口を開いた。

「この場所は、《精霊指定都市》とも呼ばれていてね」

「……政令指定都市？　って、人口五十万人以上の都市――でしたっけ？　表側の方はそうでしょうけど、こっちにもそんなに人が住んでるんですか？　精霊の世界なんじゃ？」

「政治の政の『政令』じゃなくて、君に見える精霊の方の『精霊』だよ」

私は頭の中に《精霊指定都市》と字面《じづら》を思い浮かべ、憮然《ぶぜん》とした。

「駄洒落《だじゃれ》？　何なんですか、精霊指定都市って」

「精霊の駆け込み場所だよ」

「駆け込み」

「元来は、ここも都と呼ぶほど大きなものではなくて、様々な事情で表の世界に暮らせなくなった精霊が住む、小さな異界だったんだけどね。でも、いわゆる高度成長期に、日本は一気に精霊が住みにくい国になってしまってね――。駆け込み場所の規模をもっと大きくして、多くの精霊を受け入れる必要性が生じたんだ。今は、表側の都市と同じ広さの異界が、裏側に広がっている。――要するに、精霊が安全に暮らせるよう指定された都だから、精霊指定都市、というわけさ」

どう説明されても、駄洒落感は拭《ぬぐ》えないけど――。

「人が増え過ぎたのと、科学の発達で、精霊の居場所が減ってしまったから創られた世界、ということですか」

「んー、人が増え過ぎたというより、単純に物が増え過ぎたんだね。自然は減っても、人工物は大量生産され続けている。物の数だけ精霊は宿るし、絶対数が増えれば、問題も増える」

「……」

変なものが見えて困るという私個人の悩みから、なんだか話が大きくなってきたようだった。どう会話を続けていいのかわからず、丘の上から少し遠くを眺め遣《や》ると、向こうの川のほとりを歩く人影が見えた気がして、慌てて指を差した。

「今、あそこに人がいたような！　ここ、精霊以外に人も住んでるんですか？」

「いや？　基本的には、精霊しか住んでいないよ。人の姿を取った精霊が歩いていることはあるけどね」

「え？　それって、人間の精霊ということですか？」

「ううん、人や動物に宿る精霊は、さっきも言ったみたいに他の動かない自然物や人工物の精霊とはタイプがちょっと違ってね。この都にやって来るのは基本、動かない物に宿る精霊なんだ。だから、ここで人影を見たとするなら、それは大抵、持ち主の姿を模している何かの精霊だね」

「持ち主」

「人間は、情の強い生きものだからね。その情を、物を大切にすることに注げば、物に宿った精霊に強い力を与えてしまったりする。たとえば、持ち主にとても大切にされたスマホやパソコンの精霊が強い力を持って、本体が機能を停止したあとも精霊だけは生を終えられず、行き場を失ってこの都へ来ることもあるよ」

「スマホの精霊!?　そんなのもいるんですか」

「自動車や飛行機の精霊もいるよ。でもここには電気や燃料がないから、そういう物の精霊が来ても、本体の形を復活させた姿で暮らすことは出来ないわけだ。それで、仕方ないから特に姿を持たずに暮らす者もいれば、機能は捨てて本体のミニチュアみたいな姿になる者もいるし、持ち主や大切にしてくれた人の姿を模して暮らす者もいるね」

「スマホの精霊が持ち主の姿を取って、精霊の都で暮らしてる……？　ファンタジーだかなんだかよくわからない話ですね」

私が眉間《みけん》に皺《しわ》を寄せると、総帥は笑った。

「そう、この土地は、そのよくわからない世界を裏側に抱えているせいで、表側にも影響が出やすくてね」

「影響？」

「裏側に集まる精霊の気に影響されて、表側にいる精霊も強い力を持ちやすい。要注意精霊生息地帯、精霊出没注意――という意味で、この土地は表側も《精霊指定都市》と言えるね」

「駄洒落を被《かぶ》せてきますね」

無表情にツッコミを入れた時、不意にどこからか「だりあ」と呼ぶ声が聞こえた。

「――ああ、呼ばれているね」

総師がまた、指で扉を描いた。

3

ふっと目を開けると、元の探偵社の応接間に立っていた。

私は混乱しながら周囲を見回した。

精霊の都から、総師が描いた扉を抜けて帰ってきたという感覚と、今の今までソファで眠っていたような感覚。その両方があって、どちらが真実なのかわからない。

精霊の都へ行ったのは、夢？　現実？　総師から聞かされた精霊の話は、夢？　現実？

しかも、いつの間にやら応接間のソファには絽《ろ》の着物姿の大ばあさまが座っており、脇に立っている浚さんに出してもらったらしいお茶をゆったりと飲んでいる。さっき、私を呼んだ声は、大ばあさまの声？

「これは撫子さん、いらっしゃい」

総帥は笑顔で大ばあさまを歓迎する。浚さんが総帥と私の分もお茶を淹《い》れ始める。

私以外は、誰ひとり慌てず騒がず落ち着いている。自分だけパニックを起こしているのが気まずくて、とりあえずソファに腰を下ろした。

そして、なんとなく首に違和感を覚え、そこに手を遣って、首を傾《かし》げる。

「？」

首に、細い紐が巻かれていた。やわらかい革のような手触りだ。

「何これ……？」

バッグの中を探って手鏡を取り出し、首の辺りを映してみると、ミルクブラウン色の細い革製チョーカーが巻かれている。

「え、何？　私、こんなの着けてなかったけど……!?」

慌てる私に、総帥が笑顔で言う。

「プレゼントだよ」

「これ、あなたが!? いつの間に!?」

やっぱり私はソファで眠っていたの？ 寝ている間にこれを着けられたのだろうか？

一度は私の向かい側に座った総帥が、腰を上げて私の傍まで歩み寄った。思わず身構えると、総帥は私に触れることはなく、腕を上げて紐でも引っ張るような仕種《しぐさ》を見せた。

「!?」

驚いたのは、総帥が目に見えない紐を引っ張る方向に、私の首も引っ張られることだった。横へ、後ろへ、まるで総帥の持っている紐と私の首が繋《つな》がれているみたいだ。

「何これ――!?」

私が悲鳴を上げると、総帥が楽しげに説明した。

「そのチョーカーにはね、精霊が見え過ぎるのを緩和《かんわ》する力が籠められているんだよ。楽になっただろう？」

「――」

知らぬ間に首に巻かれていたものに驚いてパニックを起こしていたけれど、そう言われると、確かに――。

私はきょろきょろと室内を見渡した。ここへ来たばかりの時は見えていたもの、聞こえていた声が、まったく消えたわけではないけれど、かなり薄らいでいる。

首の後ろに手を遣り、チョーカーの留め具を外して身体《からだ》から離すと、またうるさいほどに賑《にぎ》やかな世界が復活した。けれどチョーカーを着け直した途端、視覚や聴覚への刺激が和《やわ》らぐ。明らかに、これを着けていた方が楽だった。一度、楽を知ってしまうと、もう手放せなくなる。でも――

「こんな、鎖で繋ぐみたいなことしなくてもよくないですか⁉　なぜチョーカー⁉　どうして引っ張る紐が付いてるんですか⁉　まるでペットの首輪みたいじゃないですか！」

噛《か》みつく私に、総師は至ってご機嫌に答える。

「そりゃあねぇ、可愛《かわい》い女の子に着けるアクセサリーなら、首輪一択だよ」

「大ばあさま、この人犯罪者ー！」

総師を指差して訴えると、大ばあさまは至って冷静に答えた。

「あたしが頼んだんだよ。うちの曾孫《ひまご》を、首に縄を縛《しば》り付けてでも引っ張り回して働かせろってね」

その言葉に、総師はしたり顔で頷《うなず》いてみせる。

「ね、ちゃんと保護者の許可を得ているから」

「許可って――」

「だりあ。夏休みの間、あんたはここで働くんだよ」

大ばあさまがぴしりとした口調で言う。

「えぇっ？」

「この精霊探偵社はね、精霊絡みの問題を片づけるのが専門なんだ。つまり、あんたみたいな子を預けるのにもうってつけってわけさね」

「……大ばあさまは、精霊なんて信じるの？」

「信じているから、精霊探偵社にここを貸してるのさ。あんただって、自分の目に見えるのが何なのか、はっきり正体を教えてもらって、すっきりしただろう？」

「……」

このビル、花森家の所有だったのか。総帥が大ばあさまを馴《な》れ馴《な》れしく「撫子さん」と呼ぶのは、元々親交があったから？　だから大ばあさまも、私の話を聞いて、ここに来させた？

「……じゃあ、さっき私が覗《のぞ》いた《精霊の都》は現実のこと？　この世のあらゆる物に精霊が宿っていて、私はそれがよく見えてしまう体質だということ？」

「だりあちゃんは、あの世界を見るのが初めてだからね、最初は刺激が強過ぎないように、夢とも思えるような形を取ったんだよ。で、帰り道の扉を抜けて、またたりあちゃんがうとうとし始めた時、こっそりチョーカーを巻いたんだ」

総師は、まるで悪戯《いたずら》が成功した子供のような顔で言う。

つまり、私が眠っていたのも精霊の都へ行ったのも、どちらも現実だったということ？

それは確かに、自分に見えていたものの正体がわかったという点では、すっきりしたかもしれない。けれど、この探偵社がとにかく胡散臭《うさんくさ》い。特に総師という人物が意味不明だ。精霊の都へ繋がる扉を開いたり、女子高生に首輪を付けて喜んだり、絶対普通じゃない。

「――精霊というものの存在はいいとして、なぜ私がここで働かなきゃならないの？」

大ばあさまに向けた問いに、総師が答えた。

「それはね、今はそのチョーカーで見え過ぎる目を和らげている状態だけど、訓練次第で、そんな道具を使わなくても目の力をコントロール出来るはずだからだよ。ここの仕事を手伝うことで、その訓練になると思うんだ」

「……訓練……」

この体質のコントロールが自力で出来るようになれば、総師に鎖で繋がれた状態から解放される？　でもそのために、総師のもとで働かなきゃならないということ？

逃げ場なし――!?　もう、ここで働くこと確定なの――!?

私は頭を抱えて天を仰《あお》いだ。

「――待って待って、ここの社員って、他にどんな人が？　さっき、若い男の人がふたり出かけてくのを見たけど、他には？」

「ああ、彼らの他に、あとふたり社員がいるけど」

「……それも、もしかして男性ですか？」

恐る恐る確認する私に、総師は事も無げに頷く。

――だから、私は物心ついて以来、家に男親も兄弟もなく、女子校育ちまっしぐらで、男性に免疫《めんえき》がないんだってば！　それを男しかいない職場に放り込むって、どういう罰ゲームなの――!?

私はこの世の終わりのような気分になっているというのに、総師は依然としてご機嫌だった。

「僕としてはね、だりあちゃんがここの仕事を手伝ってくれるのは大歓迎なんだ」

「そんな……私、働いたこととかないし、特に役には立たないと思いますけど」

「ご謙遜《けんそん》だなぁ。僕にはない素晴らしい目を持っているのに。精霊が見えるなんて羨《うらや》ましいよ」

「え……？」

なに、その言い方……？

「あの……？　もしかして、あなたには精霊が見えないんですか？」

まさかと思いながら訊ねると、罪のない笑顔で頷かれた。

「ええっ？　さっき、精霊の都で、あんなに精霊について語ってたのに!?」

「うん。僕は精霊界への扉を開くことは出来るけど、精霊の姿を見る力はないんだよね。

――あ、精霊側から強い力で話しかけられれば、会話は出来るよ。目よりは耳の方がいいみたいだ」

「ええ～!?」

てっきり、私が見ているのと同じものがこの人にも見えていると思ってたのに！

「この浚も、精霊のことはちょっと気配が感じられる程度だしね。だりあちゃんの目は本当にすごいよ」

「って、ここ精霊探偵社なんですよね？　精霊絡みの問題専門なんでしょう!?　それなのに、秘書の人はともかく、社長が精霊を見られなくて仕事になるんですか!?」

つい総帥を責めるような口調になったのが気に障《さわ》ったのか、これまで黙って脇に控えていた浚さんが、ずいっと前に出て私を睨《にら》んだ。

「少々お目が悪いくらい、総帥の持たれる百八つの特技の前には些細《ささい》なことです」

目がいい悪いの問題なの？　特技が百八つって何！

私がどちらを先に突っ込もうか迷っていると、自分のソファに戻ろうとした総帥が、足元に寄ってきた毛玉型精霊に躓《つまず》いた。

あっ――と私が思う間もなく、浚さんが素早く動いて総帥を抱き留め、事無きを得た。

「ごめんごめん、何もないところで転ぶなんて、ドジっ娘《こ》みたいなことしちゃうところだった」

総帥はぺろっと舌を出して笑う。

――いえ、足元に何もなかったわけではなく、絨毯《じゅうたん》の精霊が戯《じゃ》れついてたんですけど。

本当に見えていないの？

よくよく観察してみれば、総帥の傍には部屋中のいろんな精霊が擦り寄っていた。彼は精霊たちにすごく好かれているみたいだ。でも総帥本人はそれが見えていないので、寄ってきた精霊の上に座ってしまったり、足で蹴《け》ってしまったりしている。

なるほど――外でもこの調子で精霊に蹴躓いて転んだら、傍目《はため》には『何もないところで転ぶ残念なイケメン』以外の何物でもない……。

ちょっと毒気が抜けたところで、そのまま済《な》し崩し。私は結局、精霊探偵社で夏休みの間、お試しのバイトをすることになってしまった。

このビルの三階フロアは、三分の二を精霊探偵社が使っており、残りの三分の一はワンルームマンションのようになっているのだという。その一部屋に、いつの間にやら私の荷物が運び込まれていた。

「チョーカーの力も完全じゃないし、花森の屋敷からここへ毎日通うのは大変だろ。だったらここに住めばいいよ。他に必要な物は、おいおい揃えればいいし」

大ばあさまがそう言えば、

「うちの探偵社は三食おやつ付きだから、食事はうちのダイニングに来ればいいよ」

総師も笑顔で言う。社員通用口のカードキーをもらい、仕事は明日からということになった。

怒濤《どとう》の展開に、頭の中が麻痺《まひ》したようで、最早《もはや》逆らう気力が湧かなかった。

素直に与えられた部屋に入り、改めて室内を見渡してみると、六畳《じょう》ほどの部屋に、小さなキッチンとユニットバスが付いていた。

生活に必要な一通りの家具や家電も揃っていて、しかもベッドカバーやカーテンがちゃんとパステルカラーの女の子色で揃えられていることからして、初めから大ばあさまは私をここに住ませるつもりだったんだな――と察した。私と一緒に探偵社へ行くのではなく、遅れて現れたのは、いろいろ手配や準備をしていたのだろう。

ベッドに腰を下ろし、大きく息を吐く。

首のチョーカーを外してみると、やっぱりいろいろな精霊がはっきり見え過ぎる。チョーカーを着け直せば、周りの精霊はもやもや程度にしか見えなくなった。声も、どこか遠くで誰かが喋《しゃべ》っている、という程度に和《やわ》らぐので、これくらいなら我慢出来る。

そういえば、総帥に手を握られた時は、本当に世界が静かだった。あれも総帥の百八つあるという特技のひとつなのだろうか？　こんな不思議なチョーカーをくれたり、精霊自体は見えないくせに、変な力を持っている人だ。

「はぁ……。私、これからどうなっちゃうのかな――……」

ため息をつきながらベッドに寝転がり、そうだ、と思い出してスマホを手に取った。

――お母さんに事情を説明しないと。

一通りの経緯《いきさつ》を語ったメールを母に送ると、そこで何か一段落したような気分になって、瞼《まぶた》が下りてきた。ああ、荷物を鞄《かばん》から出したりしたいのに――。

4

目が覚めると朝だった。

あのままぐっすり眠ってしまったらしい。母からは、「わかりました」という短いメールの返信が来ていた。精霊がどうのこうのとファンタジーなことを話したのに、「わかりました」だけ？　それとも大ばあさまからも話を聞いてるのかな。

夕食も摂《と》らずに寝ていたため、お腹が空いていた。部屋には食料が何もなかったので、身支度《みじたく》をしてから（ちゃんとチョーカーも首に巻いてから）、探偵社の方のダイニングへ行ってみることにした。

でもあそこ、男所帯みたいだから、食事付きといってもそれを作るのは私？　まあ、仕事で忙しい母親とふたり暮らしの身の上、一応料理はするけど。ただ、総師と浚さんと、他の社員四人と私、足して七人分、そんな多人数の料理は作ったことがないな――。

苦笑しながら裏の通用口から探偵社に入り、いくつかドアを開けて、ダイニングキッチンを見つけた。そこはしんとしていて、誰もいなかった。

今は八時過ぎ。営業は十時からだと聞いたけど、社員は三食付きとも言っていた。朝食は何時からなんだろう。もう済んでしまったのか、これからなのか。応接間の方を覗いても誰もいないし、綺麗《きれい》に片づけられたキッチンの様子は、使用前なのか使用後なのかが判然としない。

外のコンビニで何か買ってきた方が早いかな――と思いつつ、ふと目に付いた大きな冷蔵庫が気になって、そちらへ歩み寄った時。

「慮外者《りよがいもの》！」

と背後から厳しい声が飛んできて、私はビクッとその場で跳び上がった。

振り返ってみれば、私に古めかしい叱責《しっせき》をぶつけたのは浚さんだった。腕まくりをした白シャツの上に黒いエプロンを掛けた姿で、なんだか料理する気満々？

「税込み三百円の分際で、神聖なるキッチンに入ろうとは図々《ずうずう》しい」

浚さんは蔑《さげす》むような目で私を見下ろして言う。

「三百円？　って？」

「あなたの査定額です」

「ええっ？　勝手に人を金額に換算しないでください……！　しかも、なんですかその超低価格……!?」

そりゃあ、自分が特別高い価値のある人間だと自惚《うぬぼ》れてはいないけど、一応は花のＪＫ、まさに時価、人生で一番高値の時期と言っても差し支えないと思うんですけど！

「ただの三百円ではありません。税込み三百円です。生意気な口は、税抜き価格になってから叩きなさい」

税込みより税抜きの方が偉いの？　そりゃ、税込み三百円より税抜き三百円の方が、税を乗せたらちょっと値段は上がるけど。人を税込みか税抜きかで評価しようとするこの人の価値観がよくわからない。

「――じゃあ、総帥はいくらなんですか？」

試しに訊いてみると、浚さんはフンと鼻で笑った。

「あのお方を、金額になど換算出来るはずがないでしょう」

「じゃあ、私のことも金額に換算しないでください。他人様《ひとさま》の娘さんを、失礼じゃないですか」

冷蔵庫の前で浚さんとよくわからない言い合いをしていると、カウンターテーブルのダイニング側から総帥がひょっこり顔を出した。今日は赤いスーツではなかったけれど、シャツとネクタイが鮮やかな緋色《ひいろ》だった。

「だりあちゃん、だりあちゃん。キッチンは浚のテリトリーだから、好きにさせておけばいいよ」

そう言って、チョーカーと繋《つな》がる見えない鎖を引っ張られ、私は仕方なくキッチンを出てダイニングの方へ移動した。

「キッチンが浚さんのテリトリーって、いつもあの人が料理を作るんですか？」

テーブルで朝食を待っている子供のような風情《ふぜい》の総帥が頷《うなず》く。

「そうだよ。他の人間にキッチンを触らせたがらないんだ」

「毎食、全員分、作るんですか？」

「全員といっても、今いない四人は基本、出張していることが多いからね。普段ここで食事をするのは、僕と淩と、これからはだりあちゃんの三人だね」

「――そうなんですか」

男だらけの社員の半分強は、いつもここに出社してくるわけじゃないのか。それはちょっと安心した。

「そうそう、昨夜はだりあちゃんが夕食に来なかったから、だりあちゃんの分を取ってあるはずだけど」

「あ……すみません。なんだか疲れが出たみたいで、あのまま寝ちゃって――」

「うん、そんなことだろうと思って、しつこく起こしに行くのは控えたんだけど。おーい、淩！　昨夜のだりあちゃんの分、朝食にリニューアルして出してあげなよ」

総師がキッチンに声をかけると、言われるまでもない、という表情で淩さんが頷いた。

そうして出てきた朝食は、総師と淩さんの分はピンク色のスムージー。私の分は、昨夜の夕食『牛ヒレのグリル・夏野菜添え』をパンに挟んだ大ボリュームなものだった。

……なんか、男性陣ふたりの方が女子力高い気がする。

苦笑いしつつも、温め直した牛ヒレのグリルが美味《おい》しくて、結局肉々しい朝食をぺろりと平らげてしまった。チョーカーのおかげで精霊から受ける刺激が減り、身体《からだ》が楽になったせいもあるのかもしれないけれど、ここ久しくなかったほど空腹だったのだ。

その後、洗い物くらいはしようとキッチンに向かうも、またしても浚さんの壁に撥《は》ね返された。

「キッチン周りに、あなたは手を出さなくて結構です。その代わり、朝はまず社内の清掃《せいそう》をお願いします。昼間舞い上がった埃《ほこり》が、人が動き回らなくなった夜間に床へ落ちます。掃き掃除は早朝が最適ですから」

「掃き掃除……」

頭の中に一本の箒《ほうき》が浮かんだ。学校の備品の箒の中に相当使い込まれたものがあって、これがまたどぎつい黄色のオーラを発してうるさく話しかけてくるのだ。

「掃除機を使って結構ですよ。清掃道具はこちらの物置きにあります」

「……わかりました。朝食前に掃除機をかけるようにします」

要するに私は、雑用係のバイトというわけね。もっとも、難しい仕事を言いつけられても困るから、それで不満はない。

「ええ、玄関から応接間、その向こうの事務所と書庫だけで結構です。キッチンとダイニングは私が清掃しますから」

浚さんは社内の見取り図を広げ、私の立ち入りを許可する場所を指し示した。

広い応接間を中心に見ると、その北側にダイニングとキッチンがあり（通用口や物置きもこっち側にある）、西側には事務所と書庫がある。南側は玄関で、じゃあ東側にある大きなスペースは……？

「こっちの広い部屋は、何に使ってるんですか？」

「総帥のお部屋です」

「えっ」

「隣に私の部屋もありますが、あなたがこちら側へ来る必要はありません」

「はぁ……」

総帥と浚さんはこの社内に住んでいたのか。といっても、見取り図のスペースから察するに、お付きの浚さんの部屋でさえ、私に宛《あて》がわれたワンルームより広そうだけど。……まあいいけどね。

「じゃあ僕は、これから書庫でちょっと調べ物があるから。とりあえず、だりあちゃんには電話番をお願いするよ。事務所の電話と、こっちのと」

そう言って総帥が視線で示したのは、応接間のテーブルに置かれた電話機。白地に金の装飾が施《ほどこ》された、アンティークなデザインのダイヤル式電話である。

「あれ——実用品なんですか？　飾りの置き物かと思いました」

「ちゃんと電話がかかってくるよ。精霊からね」

「えっ？　精霊って電話かけられるんですか!?　スマホ持ってるの？」

目を丸くする私に、総帥は肩を竦《すく》めて笑う。

「人間の尺度で精霊を見てはいけないよ」

よく見ると、アンティークの電話機に電話線は繋がっていない。ますます置き物疑惑が深まる。本当に電話なんてかかってくるの？

釈然としない私を置いて、総帥と浚さんは書庫に籠《こも》ってしまった。

手持ち無沙汰《ぶさた》なので、物置きを覗《のぞ》いて掃除機を出してきた。早朝掃除には出遅れたけれど、今日の分の清掃仕事をしよう。——そう思って応接間の掃除をしていると、不意にリリリリリンとテーブルの上の電話機が鳴った。

「!?」

私は目を疑った。電話線の繋がっていない電話機が、鳴っている。

——なんで鳴ってるの？　実は目覚まし時計だった、とかいうオチじゃないよね？

ごくりと唾《つば》を呑《の》み込み、恐る恐る受話器を取って耳に当てると、高飛車《たかびしや》なおばさまの声が耳元に炸裂《さくれつ》した。

『もしもし、総帥!?　あたくしよ！　すぐ来てちょうだい！』

で言う。

気圧《けお》された私が社名を名乗ることすら忘れていると、おばさまはさらにキンキンした声
「あ、あの――?」

『あなた誰!? 総師は!? 迷子がいるのよ、すぐ迎えに来てちょうだい!』

「あ……あの、どちら様でしょうか? 迷子って――」

『あたくしよ、紅葉川《もみじがわ》! そう言えばわかるわ。いいわね、すぐ来てちょうだい!』

一方的にまくし立てて、電話は切れてしまった。

受話器を握ったまましばし呆然《ぼうぜん》とした私は、やっと我に返って書庫の扉を叩いた。電話の内容を伝えると、総師は頷いて言った。

「なるほど、それは紅葉川夫人だよ」

「紅葉川夫人?」

「紅葉の精霊。紅葉川という川の傍に植えられた、樹齢《じゅれい》二百年を数える立派な紅葉だよ」

「ええ――!?」

本当に精霊からの電話だったの――!? 紅葉がどうやって電話かけるの!? 電波とか電話代とかどうなってるの!?

頭の中が疑問符だらけの私を、「だりあちゃんの初仕事だね」と言って総師は外へ連れ

出した。

5

浚さんが運転する車の中で、総師が説明してくれた。

「ほとんどの精霊は、宿った本体と共に生を終える。でも稀《まれ》に、本体が死んだり壊れたりしても、取り残されてしまう精霊がいるんだ。そういう精霊は、自分の置かれている状況がわからず、行き場を失い、パニックを起こしてあちこちさ迷い続ける。紅葉川夫人が『迷子を見つけた』と言っているのは、それだと思うよ」

やがて車が停まったのは、川沿いにある公園の前だった。大小の遊具が設置されたお子様向けゾーンから少し離れたところに、数本の紅葉の木が植えられている。中の一本は、かなりの大木である。

あれが、樹齢二百年の紅葉川夫人――？

本当にあの紅葉の木が、さっきのおばさまの声で喋《しゃべ》るのか確かめてみたい思いが逸《はや》り、私は急いで車を降りた。けれど、ドアを開けて外へ出た途端、押し寄せてくる様々な色や形、声や物音に、頭がぐらりと揺れた。

「……！」

車体に寄り掛かり、なんとか倒れるのは免れた。

ちゃんとチョーカーは着けてきたのに。周りの草花や遊具や自動販売機やゴミ箱のゴミや、いろいろな物に宿った精霊が見え過ぎて辛《つら》い。

探偵社の一室に籠っているのと、屋外に出るのとでは、こんなに違うのかと思い知らされた。自然物にしても人工物にしても、屋外は物の数が違う――。

なまじ、しばらく楽になっていただけに、揺り返しがひどかった。見え過ぎて聞こえ過ぎて、頭がぐらぐらする。

車のドアに寄り掛かったまま動けないでいる私に、反対側のドアから出た総帥が声をかけてきた。

「だりあちゃん？　どうかした？」

そのままこちらへ回ってきて、私の様子を見て悟ったような顔をする。

「また見え過ぎちゃって辛い？」

「……大丈夫です、ちょっと休めば動けますから――」

「我慢しなくていいよ。こういう時のために僕が傍にいるんだから」

そう言って総帥は私の腕を取り、そのままぐいっと自分の腕の中に引き寄せた。

「!?」

他に形容しようのない体勢——私は総帥の腕の中に抱きしめられている格好である。しかも、白昼の屋外で堂々と。

「〜〜〜っ!?」

男の人に手を握られたのが昨日生まれて初めてだったということは、もちろん抱きしめられるという経験もこれが人生初である。一応、公園側からは車の陰になっているのではっきり見える状態ではないと思うものの、今、パニックのあまり自分の目が白黒しているだろうことが自分でもわかった。

「あ、あの……っ」

反射的に逃れようともがいたものの、総帥の腕の中はとても穏やかだと気づいてしまった。昨日、手を握られた時のように、賑《にぎ》やかな精霊の存在が薄らぎ、身体《からだ》が楽になってゆく。それがわかると、抵抗する力も抜けていった。

「——楽になってきた?」

総帥が私の耳元でささやいた。

「こんなチョーカーじゃ間に合わなかったかな。本当によく見えるんだね、君の目は」

チョーカーを触るついでに首筋にまで総帥の指が触れ、私は大げさなほど身体を震わせてしまった。

「やめてください、こんな場面、うっかり警察に通報されたら捕まりますよ……っ」

「警察には顔が利《き》くから大丈夫だよ」

「それ、悪役の台詞《せりふ》ーー！」

綺麗《きれい》な貌《かお》してれば何をしても何を言ってもいいわけじゃないですからー！

と間近にある総師の彫刻じみた顔を睨《にら》むと、余裕の笑みを返された。

何それ。本気で何をしても捕まらない自信があるってこと？

――私に何をしても？

急に怖くなって身体を強張《こわば》らせると、その強張りをほぐそうとするように、一層強く抱きしめられた。

「〜〜〜もういいです、落ち着きましたから、放してください……っ」

ジタバタ暴れ続けて、やっと総師が腕を開いてくれた。

「それだけ動ければ、歩けるね」

……確かに。気がつけば目眩《めまい》は治まっていた。

それでも結局、大事を取って、総師に手を繋《つな》がれて歩く羽目になった。一連の流れを見ていた浚さんの目が、「税込み三百円の分際で……！」と口ほどにものを言っている。どうもこの人は総帥至上主義者で、私のような小娘をご主人様の傍に近づけたくないようだ。私だって、好きでこんな胡散臭《うさんくさ》い人と手を繋いでるわけじゃないんだけど──。

見える世界は静かになったけれど、心の中をもやもやさせながら、私は改めて公園内を見渡した。

ここは、紅葉川公園という場所らしい。入り口の看板に書いてあった。遊具コーナーの方に親子連れが何組かおり、芝生《しばふ》が広がるゾーンにはサッカーをしている少年たちがいたけれど、紅葉の木が立っている辺りには誰もいなかった。

夏の紅葉の葉はまだ青々としていて、その中の一番立派な木の根元に、薄い茶色のウサギのぬいぐるみが置かれているのが見えた。

──子供の忘れ物？

と私が思った時、

『やっと来た！　総帥、この子が迷子よ。早く保護してやってちょうだい！』

さっきの高飛車《たかびしゃ》おばさまの声が耳に飛び込んできた。

「えっ？　え──」

どこから聞こえるのかと、耳を澄ませ、目を凝《こ》らすと、大きな紅葉の木に重ねて紅葉柄《もみじがら》（夏仕様の緑色）の和服を着た御婦人が見えた。うちの小ばあさまと同じくらいの年恰好《としかっこう》だろうか。この人が紅葉川夫人？

『あら、あなた、さっきの電話に出た娘《こ》？　あたくしが見えるのね』

私と目が合ったことに気づき、紅葉川夫人が嬉しそうな声を上げた。

「そうなんですよ。そのおこぼれで、今は僕にもよく見えます。やあ、紅葉川夫人、あなたの姿がこんなにはっきり見えたのは初めてだ」

総師はそう言って、握ったままの私の手を嬉しそうに振る。

おこぼれ？　どういうこと？

「もしかして、私と手を繋ぐと、総師にも精霊が見える……とか？」

「うん。だりあちゃんの力はすごいよ。強力な新入社員だよ」

「バイトです！　お試しの！」

そこを強く主張してから、もうひとつ、もしかして――と紅葉川夫人の足元にあるぬいぐるみに近づいた。よく見てみると、少し透けている。

「総師……このぬいぐるみって――」

見上げる私の顔に、総師は頷《うなず》いた。総師は初めからわかっていたようだった。

「このぬいぐるみが、迷子の精霊なんですか？」

つぶらな瞳のウサギのぬいぐるみは、透けた身体を木の根元に寄り掛からせるように座ったまま動かない。触っていいのかどうか悩む私に、紅葉川夫人が言った。

『さっきまでは、喋る力も残ってたんだけどね。もうその力もなくなったのねえ……』

「どういうことなんですか？　このぬいぐるみは一体？」

紅葉川夫人がため息をついて説明した。

『ぬいぐるみの精霊が言うことにはね――どうやら、可愛《かわい》がってもらっていたおばあさんが亡くなって、ぬいぐるみ本体はおばあさんと一緒に荼毘《だび》に付されたらしいんだけれど、この子《こ》の子だけ取り残されてしまったみたいね。それで、どうしていいのかわからなくなって、あちこちさ迷い歩いているうちに精気を使い果たして、ふらふらになっているのをあたくしが見つけて、ここで預かっていたのよ』

さっき総帥が話してくれた精霊の迷子パターンそのものだ。

「君――聞こえるかい？」

総帥は私の手を握ったまま、木の根元に屈み込んでぬいぐるみの精霊に問いかけた。腕を引っ張られるので、私も並んでしゃがんだ。

「このまま本体を追って消滅するのも自然の摂理。けれど、こうやって僕らに保護されたのも何かの縁。――君は、どうしたい？」

ぬいぐるみのつぶらな瞳が、小さく光った。ふかふかの腕が、総帥の膝にポンと乗った。

連れて行って、という声が聞こえたような気がした。

「わかったよ」

総師はぬいぐるみを抱き上げて立ち上がり、それをそのまま私に渡してにっこり笑う。

「やっぱりぬいぐるみは女の子が抱いてる方が可愛いな」

私はといえば、ぬいぐるみの精霊を触るのは初めてなので、おっかなびっくりだった。手触りとしては、普通のぬいぐるみと変わらない。ただ、重さはほとんど感じなかった。

「紅葉川夫人。ありがとうございました。この子は精霊の都へ連れて行きます」

総師が礼を言うと、紅葉川夫人は『よろしく頼んだわよ』という言葉と共に、立派に張った枝を揺らして涼しげな葉音を聴かせてくれた。


そうして探偵社へ帰り、総師がまた指で扉を描くと、その向こうには精霊の都が広がっていた。

大きな欅《けやき》の木が立つ丘の上で、ウサギのぬいぐるみの精霊を放すと、精霊は途端に元気になってぴょんぴょん跳ね回り始めた。こちらに向かってお礼を言うようにぺこぺこ頭を下げたり、まるでおばあさんに甘えるかのように、欅の木の根元に身体を擦《す》り寄せたりもしている。

このぬいぐるみを可愛がっていたおばあさんは、大きな木のような雰囲気《ふんいき》を持つ人だったのかもしれない、と思った。だからさっきも、大きな紅葉の木に安心して身体を預けていたのかもしれない。

元気になったぬいぐるみの精霊を微笑《ほほえ》ましく見ながら、私は総師に訊ねた。

「この世界に来ると、精霊は力を取り戻せるんですか？」

「うん、精気というやつだね。それがこの世界には満ちているから。さっきみたいな瀕死《ひんし》の状態で表側の世界に居続けると、そのまま素直に消滅するか、周りの何らかの力を吸い取って存在し続けるか、になってしまう――。後者の場合、世界の調和を捻《ね》じ曲げることになるからね、そうなる前に保護してここへ連れてくる。それが僕たち精霊探偵社の仕事のひとつだよ」

「……」

ぬいぐるみを一匹保護しただけのことだけど、世界の調和に関わるとかなんとか言われると、なんだか大層な仕事をしてのけたような気分になった。ほんの昨日まで、精霊だとか、その都だとかの存在なんて知らずに生きていたのに、世の中にこんな仕事をしている人たちがいたなんて――自分の知らない世界の広さが、空恐ろしくもあった。

「ところで、総師がぬいぐるみの精霊を触れたのも、私と手を繋いでいたからですか？」

ふと思い出した私の問いに、総帥は頭《かぶり》を振った。

「元々僕はね、姿は見えないけど、声をちょっと聞くことと、がっつり触ることは出来るんだよ」

「なんですか、その中途半端な能力……」

でもそうか、だから、見えない精霊に躓《つまず》いて転ぶんだ。触れることも出来ないなら、精霊を踏んでも足が通り抜けるだけだもんね。

「まあ今日は、だりあちゃんのおかげで助かったよ」

総帥はそう言って笑顔を見せた。

「やっぱり精霊の姿がはっきり見えるのはいいね。特にああいう、顔がある精霊の場合は、目を合わせて話せるかどうかが大きくてね。視線が合わないと、こちらを信じてもらうのに手間がかかったりするんだ」

そういえばさっき、高飛車《たかびしゃ》だった紅葉川夫人も、私と目が合った途端、嬉しそうな顔をしたっけ。その辺は、人間も精霊も同じなのかもしれない。やっぱり、相手の目を見て話すというのは大事なのだ。でも、

「ずっとだりあちゃんと手を繋いでいたいなあ。そうすればずっと精霊の姿を見ていられるし、うっかり精霊に躓くこともないし」

そんなことを言って見つめてくる男の人（おそらく己の美貌《びぼう》を自覚している）と目を合わせる必要があるのかどうかは、よく考える必要がある——。

私が素っ気なく顔を逸《そ》らしたので、総帥は肩を竦《すく》めて「じゃ、帰ろうか」と言った。

扉を抜けて探偵社の応接間に戻ると、さすがにどっと疲れが出た。別に力仕事をしたわけではないけれど、精霊と話したり精霊を保護したり、慣れないことばかりで、神経を消《しょう》耗《もう》したのだろう。

ただ、自分の力が仕事の役に立てたなら、あのぬいぐるみの精霊を救う役に立てたというなら、それは嬉しいことだと思った。その半面で、チョーカーを着けていてもあんなに外へ出るのが辛《つら》かったというのがショックだった。そもそも、学校へはこんなチョーカーを着けて行けないし、もちろんずっと総帥に手を握っていてもらうわけにもいかない。今のままではやっぱり学校に通えない。

精霊探偵社《ここ》の仕事を手伝っていたら、本当にこの状態が良くなるのだろうか？

夏休み中になんとかなる？　それとも、もっと時間がかかる？

——なんとかならなかったら？　私はこのまま、外にもろくろく出られない一生を送ることになるの？

そう考えたら、ぞくっと背筋が冷えた。

私の将来はどうなるの？　学校へも行けず、まともに就職も出来ず、引き籠《こも》りの一生？

そんなの厭《いや》だ――。

6

あれ以来、紅葉川夫人が頻繁《ひんぱん》に探偵社へ電話してくるようになった。

電波ではなく精霊が持つ力で音声を伝えてきているとのことで、この電話越しにならば、精霊が見えない人も精霊と会話が出来るらしい。総帥や浚さんも普通に紅葉川夫人と会話している。電話線のないアンティーク電話、やっぱり不思議アイテムである。

ただ紅葉川夫人が電話で指名してくるのはほとんど私だった。何の用かと思えば、話の内容は他愛《たわい》ない世間話である。紅葉川公園に来る人々を見ていて思ったことや、起きた出来事をとりとめなく話される。社内の掃除《そうじ》をしたあとの私の業務は電話番なので、電話に出るのが仕事とはいえ、ただの世間話を延々続けられても、対応に困る。

こういうアンティークな電話機は、着信通知機能がないのが不便過ぎると痛感した。もっとも、かけてきた相手がわかったところで、着信拒否設定も出来ないから、結局は出るしかないのだけれど。

紅葉の精霊・紅葉川夫人は、木が枯れかけた時に世話をしてくれた女性・紅葉川夫人のキャラクターをコピーしているのだと総帥が教えてくれた。オリジナルは、高飛車だけど世話好きで面倒見の良い資産家の夫人で、五十年ほど前に他界しているという。

「宿っているだけで何もしない精霊がほとんどだけれど、相性のいい人間と出会うと、そのキャラクターをコピーして、こうやって動き出す精霊もいるよ。精霊の紅葉川夫人は、オリジナルの世話好きな性格を完全にコピーしているから、迷子の精霊を見つけたら放っておけないし、だりあちゃんのことも心配して、あれこれ声をかけてくれているんだよ」

精霊が見えることで悩んでいるのに、それを精霊に心配されても……。

まあ面倒見が良いといえば、淺さんも相当である。

しばらく一緒にいて知った総帥の日常は、とんでもないものだった。抽斗《ひきだし》でも蓋《ふた》でも開けたものを閉めないし、脱いだら脱ぎっぱなし、スイッチを入れたら入れっぱなし。淺さんはそんな総帥の後を追い、それらを閉めて回り、片づけて回り、消して回る。

「そうやって甘やかすから悪いんだと思いますけど。いい大人なんですから、自分が開けたものくらい、自分で閉めるようにさせないと」

見かねた私が諫《いさ》めても、

「総帥には、開けたものを閉めるよりも大切なお仕事があるからいいのです」

浚さんはそう言って、甲斐甲斐《かいがい》しく総帥の世話をすることをやめない。外れたシャツのボタンを留めてやり、ほどけた靴《くつ》の紐を結んでやり、ご主人様が精霊に躓けば身を挺《てい》して庇《かば》い、まさに箸《はし》より重いものを持たせない勢いで甘やかし続ける。

——総帥って、特技が百八つあるのかもしれないけど、欠点も百八つあるんじゃ……。そしたらプラマイゼロで、何もすごくない……。

今日の総帥はまた真っ赤なスーツ姿だった。地模様の入った艶《つや》のある生地がキラキラしている。これがテレビに映っている芸能人とか舞台上の役者さんなら、そういう衣装なんだなって普通に受け入れられるけど。ギャグにならず、ちゃんと着こなしているのもすごいとは思うけど。テレビ画面越しでもなければ舞台上でもない、目の前の人がこういう派手な服装をしているのにはどうにも慣れない。

「……どうしてそんな、赤い色のものばかり身に着けるんですか？　真っ赤なスーツって、舞台衣装レベルじゃないですか？」

とうとう耐えきれずに疑問を口にすると、

「え？」

総帥はぱちくりと私を見つめ返し、自分の全身を眺めてから、笑顔で答えた。

「それはねぇ——好きだからだよ」

「……」

そんな、当たり前みたいな顔で返されたら、これ以上何も言えないじゃないか。色の好みは人それぞれだ。私は赤という色を好んで身に着けないけれど、総帥の趣味は私と全然違うということなのだろう。

追及を諦め、私は「そういえば」と浚さんに裁縫箱《さいほうばこ》があるか訊ねた。

「事務所の方にありますよ。窓の横の棚《たな》です」

「ありがとうございます。エプロンの裾《すそ》がほつれたので、ちょっとお借りします」

私が事務所で掃除用エプロンを繕《つくろ》い始めると、それを見て浚さんが意外そうな顔をした。

「あなたは縫物《ぬいもの》をするのですか」

「……母から、あらゆる物に神様が宿っているから、物は大切にしなさいと教わって育ったので。新しい物を買うより、使える限りは直して直して使い倒す主義なんです」

「なるほど、だからだりあちゃんは精霊に好かれるんだね」

総帥も覗《のぞ》きに来て、笑顔で言う。

「……私、精霊に好かれてます……？」

「だって、精霊に意地悪されたりしないでしょう？」

「……わかりません。自分が好かれてるとか嫌われてるとか、そういう考え方をしたことがなかったので――」

今まで『オーラ』と呼んできたあれらから、話しかけられても返事をしたことはなかったし、そもそもたくさんの物が一気に話しかけてきたり取り巻いてきたりするので、個々に対応するなんて無理だった。この間みたいに、紅葉川夫人だけの声が聞こえて、ちゃんと精霊と会話が出来たのは初めてのような気がする。それも、傍に総師がいたから？

――この人は、何者なの？

改めて総師の彫刻のような顔をじっと見つめると、「そうそう、僕らはこれから出かけるから」と言われた。

「え？」

「仕事でね、会わなきゃならない相手がいるんだよ。そんなに長くはかからないと思うけど、遅くなるようなら連絡するよ」

「はあ」

「じゃあだりあちゃん、電話番よろしくね。また精霊からＳＯＳが入るかもしれないから」

そう言って総師と浚さんは出かけて行った。

事務所の電話機（応接間に子機あり）は人間との通話専門で、精霊ホットラインは応接間にある電話機だけなのだという。本当に、どういう仕組みになっているのか謎だ。

ともあれ、ひとりで留守番するなら応接間の方がいいだろうと移動して、息をつく。そして繕っていたエプロンに目を落とすと、喋《しゃべ》りながら縫っていたせいか、縫い目が随分《ずいぶん》不恰好だった。――縫い直そう。

糸をほどきながら、裁縫を教えてくれた母の顔が脳裏《のうり》に浮かんだ。

夏休みの間、ここで働くことになったと連絡して、わかりましたと返事が来て以降、母とは特にやりとりをしていない。元々そんなにベタベタした母娘関係ではないのだ。でも私には気になることがある。

――お母さんは、精霊の存在を知っていたのかな？

だから私が、不思議なものが見えて困っていることを打ち明けた時、大ばあさまを通して私をここに預けた？　だったら、もっと早くお母さんに相談してもよかったんだろうか？　でも、変な子だと思われたくなかった。困った顔をされたくなかったのだ。

物心ついた頃には、いろいろな物に重ねてぼんやりと不思議なものが見えていた。木や草花や建物や、そういったものにいろんな色のふわふわしたものが重なっている。そして、自分が自分以外の何かになっている、という感覚を知っていた。

周りの子に、「あの木って青いね」とか「ピンクだね」と言っても通じないし、「タンポポになって踏まれるのって厭《いや》だよね」と話しても、「何それ?」と言われてしまう。

どうして? 他の人は、あの色が見えないの? 花や木になって風と一緒にそよいだりすることがないの? 母にそう訊ねても、困ったような曖昧《あいまい》な顔をされる。母は、私の話を遮《さえぎ》ったりしないでちゃんと聞いてくれるし、そんなものは見えない、と無下《むげ》に否定することもなかったけれど、その表情からするに、母にも見えてはいないのだろうと察した。

この話をすると母が困った顔をするし、周りの子には変な子だと言われてしまう。自分に見えるものや感覚のことは、言わない方がいいのだと思うようになった。あれらは、見えてはいけないもの、自分の感覚はおかしいのだと考えるようになった。

様々な物に重ねて不思議なふわふわが見えても、口にしない。自分以外の何かと同化する感覚を持っても、それも誰にも言わない。多感な時期にそういう力を持っていても、大人になれば消えてしまう——そんな物語はたくさんある。そういうお話を探しては読んだ。きっと自分もそうに違いない。大人になれば、普通になれると思いたかった。

不思議な感覚のことを話すと困った顔をする母だったが、元々口うるさい性格ではなく、あまり叱《しか》られた記憶もない。ただひとつだけよく言われたのが、物は大切に使うこと。お米一粒にも七人の神様。何にでも神様がいるから、乱暴に扱うと罰が当たるよ、と。あれこれ厳しいことは言わない母が、それだけはよく言うので、その言いつけは守っていた。

守っていれば褒められると思った。貧乏性だと友達から笑われても、少し古くなった物や修繕《しゅうぜん》すれば使える物は直して使った。それが当たり前だった。

子供ながらに、母がいつも忙しく働いているのは父がいないためで、自分を育てるために母は頑張っているのだとわかっていた。だから面倒をかけてはいけないと思った。母の実家はお金持ちで、そちらに頼れば楽なのだろうに、それをしない母を尊敬していたし、母自身、仕事が好きなのだろうとも思った。

本当はもっと傍にいて欲しかったし、休みの日に遊びに連れて行って欲しかったけれど、そういう我がままは言ってはいけないのだと思った。母に困った顔をされるのが厭だった。母にあの顔をされないためなら、寂しいのくらい我慢しようと思った。

それに、私が『変』な原因がもし、お父さんにあるのだとしたら――。

お父さんもこんな体質だったのだとしたら。それが離婚の原因だったりしたら。私までおかしなことを言い出したら、お母さんを苦しめるんじゃないかと思ったのだ。

母は、父のことを何も話さない。いっそ、とんでもないろくでなしだったから別れたのよ、と吐き捨てるように言ってくれるなら、それはそれでよかったのに。良い人だったとも悪い人だったとも何も言わないから、気になるし、こちらから話題にもしにくい。

その話はするな、と誰から言われたわけでもないけれど、母との間でも、花森の家でも、父の話が出ることはない。家の中に、父に関する物は何ひとつない。ここまで徹底して、父の存在をなかったことのように扱うのだから、きっと何か事情があるのだろう。知りたいけれど、知るのが怖いという気持ちもある。

私が父と同じだとわかったら、母に嫌われてしまうのではないか。このままではまともに学校にも行けなくて就職も出来なくて、母に迷惑をかけてしまう。母にとって私は、要らない子になってしまうのではないか——それが怖かった。

けれど、とうとう外に出るのも難しいほど症状が進行してしまって、母に打ち明けないわけにもいかなくなってしまった。どういう反応をされるだろう、と恐る恐る打ち明けてみると、やはり母は少し困った顔をして、花森のおばあさまのところに行きなさい、と言った。

——それはどういう意味？　要らない子だから出て行け、ということ？

その時、私は血の気が引いた真っ青な顔をしていたかもしれない。

母は言った。そういう問題は、おばあさまに相談するといいから、と。

病院ではなく、おばあさま？　ちょうど夏休みだし、しばらく田舎《いなか》で療養しろということ？　でも田舎だろうと都会だろうと、自然物だろうと人工物だろうと、何にでも同化してしまうし、何にでもふわふわが見えるから、変わらないとは思うけど——黙って従うことしか出来なかった。

――私のこと、要らなくなったの？　また、この家に帰ってきてもいい？

その問いを、口に出すことが出来なかった。

そうして花森家へ行き、精霊探偵社《So Sweet》を紹介された。自分に見えていたものは、万物に宿る精霊だったとわかった。自分にはなぜか精霊が見えて、精霊に引っ張られて周りの物と同化してしまうのだとわかった。

お母さんはそれがわかっていて、おばあさま経由で私をこの探偵社に預けたの？　お母さんも精霊の存在を知っていたの？　花森家のおばあさまたちも？　元々こういうことに理解があるなら、お父さんは？　お父さんの存在が無視されているのは、私の体質のこととは別問題？

疑問だらけだ。

知りたいことはいろいろあるけれど、それぞれを面と向かって問い質《ただ》すのが怖い。自分はなんて意気地《いくじ》なしなんだろう、と思う。

自分の存在が迷惑がられていることを知るのが怖いのだ。厄介者《やっかいもの》だと思われていたら、それをはっきり宣告されたら、自分がどうなってしまうかわからない。心が壊れてしまうかもしれない。だから、それを不安に思いつつもはっきりさせたくなくて、ここで変人

（変な精霊含む）たちに囲まれながら働いているのだ——。

　そこへ、不意にけたたましく電話が鳴った。

　リリリリリン　リリリリリン

　私は我に返って、ソファの上で大きく身体《からだ》を震わせた。精霊ホットラインだ。胸を押さえて気を落ち着かせてから、また紅葉川夫人だろうかとうんざり電話に出る。

「はい、精霊探偵社《So Sweet》です」

『えっ——あ、すみません、そちら、精霊探偵社《So Sweet》ですか？』

　戸惑ったような確認は、若い男性の声だった。正直、私も戸惑っていた。初めて、この電話で紅葉川夫人以外の声を聞いた！

「——あ、私、新しく入ったアルバイトの花森と申します」

『そうですか——アルバイトの方ですか。失礼しました。タケオと申しますが、総帥はいらっしゃいますか』

　電話脇に置いた社名入りのメモ帳に『タケオさま』『そうすいにでんわ』と走り書きながら、

「総帥は今ちょっと外に——」

　と言いかけた私は、自分が書いた『そうすい』という文字とメモ帳に印刷された《So

Sweet》という洒落《しゃれ》たデザイン文字を見比べ、はっと息を止めた。

——ソー・スウィート。そーすいーと。そーすい。そうすい。総帥。

もしかして……《So Sweet》の社長だから総帥と名乗ってる？　あるいは、総帥が興《おこ》した探偵社だから《So Sweet》という社名にした？　どっちにしても、

「駄洒落か！」

思わず膝を打ってツッコミを入れ、

『えっ？』

電話の向こうのタケオさんにまた戸惑いの声を上げさせてしまった。

「すっすみません、こちらのことです。失礼しました！　総帥はただいま外に出ておりまして、後ほど折り返し——」

『いえ、でしたらまたあとで、こちらからかけ直します。では』

そう言って電話は切れてしまった。

ああ、総帥の駄洒落のせいで、要らぬ恥《はじ》をかいてしまった……。

苦笑いしながらメモに目を落とし、タケオさんって何者だろう？　と首を傾《かし》げる。

この精霊ホットラインにかけてくるってことは、精霊？　あとでもいいってことは、こないだみたいに息も絶え絶えの迷子精霊を見つけたとか、急ぎの用件じゃない？

タケオってどういう字を書くんだろう。武雄？　健夫？　でも知らない人に名乗るのに、いきなり下の名前ってこともないよね？　それとも紅葉川夫人みたいに、地名とかコピーした人の名前だったりするのかな？

紅葉川夫人以来の精霊からのホットラインに、疑問と興味が尽きないでいると、総師たちが帰ってきた。思ったより早い。時計を見ると、出かけてから一時間ほどしか経っていなかった。

「お帰りなさい。あの、今――」

電話のことを伝えようとメモを持って立ち上がると、総師の後ろに、お供の浚さん以外にもうひとり若い男性がいるのに気がついた。

――誰？

浴衣《ゆかた》みたいな着流しに、髪を長く伸ばし、足元は草履《ぞうり》。なんというかこう、時代劇に出てくる遊び人みたいな？　そんな雰囲気《ふんいき》の痩身《そうしん》イケメン（ここには美青年しか出入りしないのだろうか!?）。

何者なのか紹介してもらおうと総師の顔を見た時、当の青年が総師を押し退け、私に向かって突進してきた。

「君が、総師が首輪付けて飼ってるっていう女子高生!?　うわあ～、日本人形みたいな美少女じゃん！　何、その真っすぐな髪、何年伸ばしてるの？　想像以上に可愛《かわい》いなあ、ぜひ飼い主とセットでモデルになって欲しいなあ！」

総帥、一体この人に私をどう説明したの!?

「誰が飼い主ですか、私はこの人のペットじゃありません！　大体、なんですか、モデルって――勝手に髪を触らないでください！　あなた誰!?」

パニックを起こす私に、総帥がまあまあとのんびりした声をかけてくる。

「彼はね、このビルの五階にある画廊《がろう》オーナーの息子で、速水清雅《はやみせいが》くん。職業は画家」

「画家？」

和風な出立ちからして、日本画家？

「今ちょうど、玄関で鉢合わせたんだよ。探偵社《うち》に用があるって」

「そうそう、そうなんだよ。昨夜、ちょっとヤバイものを見ちゃってさ」

速水清雅さん（そういえば、ここに来てから初めて、普通に名字《みようじ》と名前がある人と出会った！）は、勧められもしないのに勝手にソファに座って話し始める。かなりマイペースな人と見た。

「昨夜、夜の散歩で東町《ひがしちよう》の辺りを歩いてたら、精霊の放火現場を目撃したんだよ」

「えっ？」

私は驚いて速水さんを見た。

「あなたには精霊が見えるんですか？」

「見えるよ。ぼんやりとだけどね」

速水さんは帯に差していたスマホを取り、画廊の公式サイトで紹介されている自分の絵を私に見せた。

「不確かに見える精霊の姿からツピーンとインスピレーションを得て、こういう絵を描くのが僕の生業《なりわい》です」

それは、ヨーロッパ辺りの美術館にでも飾ってありそうな幻想的な雰囲気の油絵で、和の風味は微塵《みじん》もない。じゃあその恰好《かっこう》は一体なに!?

「僕の恰好？　ただの趣味だよ」

……総師の周りには、こんなのしかいないの？　類友《るいとも》……。

憮然《ぶぜん》とする私を意に介さず、総師が速水さんの向かいに座って話の詳細を促した。

「ほら、あの辺って最近、悪戯《いたずら》事件が連続してるだろう？　道路に置き石があったり、停められている車に傷が付けられたり、通り魔もどきやボヤ騒ぎもあって、どんどん物騒になってくから、なんだか興味があって、散歩に行ってみたんだよね」

物騒とわかっている場所に、わざわざ夜の散歩に出かける心理が私にはわからない。

「そしたらさ、何かもやもやした光が、すーっと動いて、空き家に火を点けようとしてたわけさ。慌てて止めに入って、火を消してるうちに、犯人には逃げられちゃった」

「その犯人が、精霊だったと？」

総帥の確認に速水さんは頷《うなず》く。

「人間じゃなかったのは確かだよ。僕の目に、あんな風にもやっと見えるものは、精霊しかいないのも確かだね。あの辺で起きてる事件、まだ犯人が捕まってないし、もしかしたら全部精霊がやってるのかもしれないよ」

「精霊が放火や置き石なんてするんですか……？　何のために？」

私が疑問を挟むと、総帥が小さく首を傾げて答えた。

「理由は本人に聞いてみなければわからないけど、もし本当に精霊がそれらの事件の犯人なら、己を見失ったかなり危険な状態かもしれない。早く保護しなきゃいけないね」

総帥の言葉に、私も真剣に頷いた。

「確かに——置き石は危険だし、迷惑ですよね。以前《まえ》、線路に置き石があって、そのせいで電車が止まって遅刻したんです。ちょうど怖い先生のテストがある日に！」

追試を喰らった苦い思い出が蘇《よみがえ》り、ノーモア置き石の精神が湧き上がる。

そこへ、リリリリリンと電話が鳴った。その音を聞いて、私ははっとした。

――変な着流し男が現れたせいで、タケオさんからの電話を総師に言いそびれてた！　手の中に握りしめたまま、くしゃくしゃになっているメモの感触に、やっちゃったーと思いながら電話に出ると、やっぱりタケオさんからだった。

私は受話器の通話口を押さえながら、小声で総師に謝った。

「タケオさんという方からです。すみません、さっきもお電話いただいたんですが、言いそびれてしまって――」

黙って受話器を受け取り、それを耳に当てた総師は、何度か相槌《あいづち》を打ちながら静かに相手の話を聞いていた。

かと思うと、突然、受話器をテーブルの上に放り出し、こちらを向いて「仕事の依頼だよ」と言った。

通話が終わったら、受話器を戻すー！　そんな当たり前のことが出来ないって、どういう人!?

代わりに浚さんが受話器を電話機に戻しているのを見ながら、私は総師を睨《にら》んだ。けれど総師は何ら堪《こた》えずに話を続ける。

「行方《ゆくえ》不明の精霊を捜し出して欲しいそうだよ」

「へ？　行方不明？　あの、タケオさんというのは……？」

「取引先だよ」

取引先？

「精霊の都の中心にはね、精霊の長《おさ》が住む、都庁と呼ばれる宮殿がある。——宮殿といっても、建物ではなくて、巨石と巨木のコラボレーションだけど、そこには精霊台帳というものがあって、精霊が生まれると自動的にそこに精霊の情報が書き込まれ、本体と共に生を終えれば、その情報も書き加えられるんだ」

「はあ……」

都庁？　なんだか大きなビルを連想させる響きだけど、巨石と巨木のコラボなんだ……。

「ところが、本体が生を終えたのに、精霊の死の情報が入ってこない場合がある。まあ放っておけば、精気を使い果たして自然消滅するのがほとんどだけどね。精霊は本体と共に生を終えるのが本来あるべき形だから、台帳上で本体と精霊の死に時間差があっても、しばらくは都庁も様子を見る」

「じゃあ、この間の、ウサギのぬいぐるみの精霊も……？」

「そう。台帳の辻褄《つじつま》が合わないのは都庁も把握《はあく》していて、自然に消滅するか、僕らに発見されて都へ送り届けられるか、あの時点ではまだ様子を見ていたんだと思うよ」

「はぁ、そういうシステムが……」

「でも、取り残された上、自然消滅もせず、それどころか強い力を持って表側の世界で問題を起こす精霊もいる。今の電話は、その危険性がある精霊についての連絡だよ。早く見つけ出して、保護して欲しいって」

……ということは、タケオさんて都庁で働いてる精霊さん？　精霊探偵社にとって、精霊界の都庁は取引先という認識なのか――。

ファンタジー味《み》と現実味の混合に馴染《なじ》もうと、私の脳が一生懸命頑張っているところ、速水さんがポンと手を打って言った。

「それってもしかして、東町で起きてる事件と関係があったりして？」

総師も同じように手を打って頷く。

「うん、東町と関わりがある精霊らしいから、タイミングからして十分あり得ると思うよ」

7

私たちはすぐに、問題の東町へ向かった。

欅区東町という地域は、高台にある住宅街だった。立派に手入れされた庭を持つ大きな家が多く、高級住宅地と言っていいのかもしれない。

　車を降りた途端、また個室と屋外の落差で目眩《めまい》を起こした私の手を、総師は当然のように握ってきた。私としては抵抗があったけれど、ふらふらしたまま歩けないのでは困るので、振り払えなかった。それを見て、速水さんが口を尖らせた。

「あーあ、だりあちゃんの方がはっきり見えるみたいだから、僕はもうお払い箱かな」

「え？」

「今までは、僕が総師の《目》の代わりをしてたんだよ。探偵社の正式な社員じゃないけど、精霊が見える社員が出払ってる時だけ手伝ってたというか」

「えっ、じゃあ今までは速水さんと総師が手を繋《つな》いでたんですか？」

　緋色《ひいろ》のスーツ＆着流しのイケメンふたりが仲良く手を繋いで歩く図……。カオスだ――

と苦笑いすると、総師が真顔で頭を振《かぶり》った。

「そんなわけないでしょう、男の手を握って何が嬉しいんだい」

「僕がぼんやりと精霊の姿を見て、位置を確認、それを総師に伝えて捕まえる、って形だよ。僕には、触れた相手に精霊を見せてあげられるような力はないし、見え過ぎて歩けなくなるようなこともないから」

「……そうなんですか」

精霊が見えるといっても、その程度は人それぞれみたいだった。現在出張中の社員たちも精霊を見る力があるけれど、やっぱり総師にその力を分けることまでは出来ないのだと聞いた。だから私が重宝《ちょうほう》がられるらしい（そもそも、私をバイトに使うことを見込んで、他の社員をみんな出張に回したようだ）。

「だりあちゃんと総師は、特別に相性がいいんだねぇ」

そういう言われ方、あんまり嬉しくない……。ほら、浚さんの目がまた「税込み三百円の分際で……！」って語ってる。

でも、こんな力を持っているのが私ひとりだけではないと知って、ちょっと救われる気持ちになったのは確かだった。こういう力を使って働いている人たちがいる。この間みたいにまた、私の《目》で迷子の精霊を見つけて無事に保護出来るなら、総師に手を握られて歩くのも致し方ないと思える（というか、そう思わなきゃやってられない）。

タケオさんからの依頼によると、行方不明になっているのはフルートに宿っていた精霊だという。持ち主は東町の出身で、半年ほど前に交通事故で亡くなった。フルート本体もその事故で壊れてしまった。けれどいつまで経ってもフルートの精霊が本体を追ってこない。そろそろ放ってもおけなくなったので、精霊の行方を捜して欲しいとのことだった。

「精霊台帳で把握出来ている情報では、フルートの持ち主の一家がここに住んでいたのは五年前までだそうだよ。その後は東京に移り住んで、持ち主が事故に遭《あ》ったのも都内。だけど、この土地は裏側に、精霊にとって磁石《じしゃく》のような世界を抱え込んでいるから――持ち主の故郷というのも相俟《あいま》って、行き場を失った精霊が引き寄せられてきたということは十分考えられる」

精霊台帳って人の動きまで把握出来るんだなと感心しつつ、私は辺りを見回した。

「フルートの精霊って、フルートの姿でふわふわ出歩いてるんですか？」

それならすごく見つけやすい気がするけど。

「どうだろうね、本体から取り残されても動けるような精霊は、自分の好きな姿を取ることが出来ることも多いから――本体の形をしているかもしれないし、持ち主の姿を取っているかもしれないし、それ以外の何かの形になっているかもしれない」

「それじゃあ、見つけるの難しいかも……」

私は眉根《まゆね》を寄せた。この間の紅葉川夫人みたいに、精霊側から迷子を見つけて居場所を連絡してもらえるのって助かるんだな。ただ漠然《ばくぜん》と、精霊が行方不明だから見つけて欲しいと言われても難しい。

「昨夜、僕が放火を止めた空き家は、何かその精霊と因縁《いんねん》があったりするのかな？」

「フルートの持ち主一家が住んでいた家は、今は別の一家が住んでるそうだから、その空き家とは別だろうね。とりあえず、迷子や悪い気を発している精霊が近くにいればわかるから、一通りこの辺を歩いてみようか」

そういうわけで、東町内を巡回してみることになったけれど、緋色のスーツの青年と手を繋いだ女子高生、着流し長髪の青年、エリートビジネスマン風の青年、こんな一貫性のない四人組が昼下がりの住宅街をぶらぶら歩いてるのって、ものすごく不審じゃないだろうか……。

そう心配したものの、気がつけば周りに人通りはほとんどなかった。この辺りでは最近、通り魔騒ぎもあったというから、住民たちも不要不急の外出はしないようにしているのかもしれない。救かったというかなんというか――。

複雑な気分で歩いていると、空いている方の手でスマホを操作していた総師が不意に立ち止まり、「ここがフルートの持ち主が住んでいた家だよ」と言った。地図アプリを見ていたらしい。

「だりあちゃん、何か見えたり感じたりする?」

白い塀《へい》に囲まれた大きな家の前で、私は総師と手を繋いだり離したり、精霊が見え過ぎる状態とそこそこ見える状態とを繰り返してみたけれど、とりあえずフルートの姿をした精霊は見えなかった。

「ん～、行き場を失っている精霊は、この周辺にはいないみたいだね。ここで見える精霊は、どれもちゃんと本体を持ってる」

私の手を握りながら、総師も言った。精霊見える歴は私の方が長いけれど、精霊の性質を見極める力は総師の方がずっと上のようだった。

「じゃあ次は、昨夜の空き家へ行ってみよう。この近くだよ」

速水さんに案内されて行った家は、空き家といってもそれほど長く放置されている風ではなく、庭もそんなに荒れていなかった。昨夜は悪戯《いたずら》精霊に裏口の戸を少し焦がされただけで、大事には到っていないようだった。

「僕がすぐに気づいて消し止めたからね。精霊が犯人なら、警察に通報してもしょうがないし、騒ぎになる前に帰って来ちゃったんだけど」

そのせいか、近所の人たちも昨夜そんなことがあったとは気づいていないらしい。事件現場にありがちな、野次馬の姿もない。

「ここにも、迷子の精霊はいない？　僕は、夜の方が精霊が見えやすくて、昼間はあんまりなんだよね。だから散歩はいつも夜なんだ」

私と総師とで辺りを見回しても、これといって不審な精霊は見当たらなかった。ただ、何か不穏な気配は残っていた。

「なんか——気持ち悪いというか、厭《いや》な感じのもやもやしたものが……」

どう形容していいのかわからなくて、歯切れ悪く言う私に、総師がきっぱりと断じた。

「悪意、だね。精霊の黒い悪意が残ってる」

そこへ、背後から声が飛んできた。

「おやおやー？　総《そう》ちゃんじゃないか。清《せい》ちゃんも揃って、なんだい、お仕事かい？」

声をかけてきたのは、ひょろっと背が高く、眠そうな目をした、三十代半ばか後半くらいの男性だった。横には、きりっとした顔立ちの若い女性がいる。ふたりともスーツ姿だったけれど、男性の方はくたびれた感じ、女性の方はピシッとしたパンツスーツだった。

——総ちゃん、清ちゃん、って、総師と速水清雅さんのこと？　ふたりの知り合い？

「ああ、ミナさん。こんにちは。捜査ですか？」

総師は笑顔で挨拶《あいさつ》をする。ミナさん？　捜査？

きょとんとしている私に、総師はふたりを紹介してくれた。

「こちらは、欅署の刑事の南風英介《みなかぜえいすけ》さんと、北山紗緒《きたやまさお》さん」

「えっ——刑事？」

そういう職業の人、初めて生で会った！　本当に？　本物？

半信半疑の私に、ふたりは警察手帳を見せてくれた。うわー、本物!?

妙にテンションが上がったあと、総帥と手を繋ぎっぱなしなことに気づいて、慌てる。でも時すでに遅く、ふたりの刑事さんの視線は私と総帥の握り合った手に向いていた。

「おいおい総ちゃん、お仕事かと思えば、なんだよデートかよ？」

「だったらよかったんですけどねぇ。生憎《あいにく》、仕事です」

「ほ？　どういうことよ？」

「この子は、うちに新しく入ったバイトの花森だりあちゃん。精霊を見る目が恐ろしく良くて、その力を分けてもらうために手を繋いでるんですよ」

そんなファンタジー説明、刑事さんに話して通じるの――!?

と心配する私をよそに、南風さんは眠そうな目をぱちっと開け、嬉しそうに総帥の背中をバシバシ叩いた。

「おー、そうか！　ということは、ここで連続してる事件を調査に来たってことだな？　じゃあちょっとこっちを見てくれ。こっちも――」

南風さんに連れ回された数ヶ所にはすべて、さっきも感じた総帥言うところの《精霊の黒い悪意》が残っていた。それを伝えると、南風さんは一層笑顔になった。

「うんうん、つまり、置き石も通り魔も、全部精霊の仕業《しわざ》ってことね？　そうかそうか、精霊案件じゃ、俺たち人間の警察には手も足も出ないな。いやー、まいったなー、それじゃしょうがない。じゃあ総ちゃん、あとはよろしく頼むよ、ハイ撤収～」

ええっ？　そういう反応？　警察が精霊の存在を信じるの⁉

びっくりして、コンビの女性刑事・北山さんの方を見ると、こちらは気味悪げに首を竦《すく》めながら辺りをきょろきょろ見回している。

「精霊……？　いるの？　ここに？」

まるでオバケでも怖がるような風情《ふぜい》だった。

いるかどうかという話で言えば、精霊はどこにでもいるんだけど……まあそうだよね、普通はそんなこと言われたら、怖いよね。私の場合、小さい頃から見慣れ過ぎて、怖いというよりただ邪魔臭《じゃまくさ》いと思うだけの存在になっちゃったけど。

精霊に対して両極端な反応を見せる刑事コンビは、「とにかく、精霊案件ならそっちでよろしく！」と解決を総師に押しつけて、帰って行った。呆然《ぼうぜん》とそれを見送る私に、速水さんが言う。

「あのふたりは、いつもこうだよ。仕事嫌いで、如何《いか》に楽をするかしか考えてないミナさんと、オバケ嫌いで精霊が大の苦手の紗緒ちゃん。担当事件が精霊案件とわかった日には、嬉々として総師に押しつけて撤収だから」

「警察が、それでいいんですか⁉　ていうか、警察は精霊の存在を信じてるんですか？

普通の人には見えない、触れない世界の話なのに」

その問いには、総師が答えた。

「そりゃあ、だりあちゃん。この土地は、《精霊指定都市》だからね。表側の世界で、精霊が事件を起こすこともある。信じたくなくても、精霊の存在を信じないわけにはいかないのがこの土地の警察なんだ。一般市民への説明が大変だから表沙汰《おもてざた》にはしないけど、人が起こした事件と精霊が起こした事件、お互いに情報を交換しながら、持ちつ持たれつでやってるんだよ、僕らは」

「……」

総師が、警察には顔が利《き》くと言っていたのは、そういう意味……？

精霊の力が強いこの土地でも、大多数の人はそれをまったく関知せずに暮らしていて、一部の人（総師たちとか警察とか？）だけが問題に対処している、ということなのか。

「まあ見た感じ、ここの事件はこちらの担当みたいだし、警察から変に口出しされないのは有り難いことだよ。まだ、都庁が捜している精霊と、ここの事件を起こした精霊が同じかはわからないけど、とりあえずここを危うい精霊がうろついているのは確かのようだから、そいつを捕まえに行こうか」

そう言って総師は私の手を握り直した。

「え、捕まえるって——居場所の見当がついたんですか？」

「これから見つけるんだよ。裏側でね」

「——え？」

8

探偵社へ戻ると、総帥が精霊の都への扉を開いた。

「この間のぬいぐるみの精霊は、ただの迷子で、本人に逃げ隠れする気がなかったから、簡単に保護出来たけど——悪さをしようと考える精霊は、隠れ忍んで行動する。とりわけ、昨夜清雅くんに見咎《みとが》められたこともあって、問題の精霊はかなり難しい場所に隠れてしまったんだろうね。だから見つからないんだよ」

大きな欅の木が立つ丘の上で、総帥はそう語る。その横では、一緒についてきた速水さんが嬉しそうにしている。

「あー、いつ来てもこの幻想的自然風景はたまらないなあ……！　これで絵の道具さえ持ち込めれば最高なんだけど！」

速水さんの言葉に、総帥が「表の世界の物は、出来るだけ持ち込まないようにするのがここでのマナーなんだよ」と教えてくれた。

「はあ、それはわかりましたけど、どうしてこっちの世界に？」

「表の世界で見えないものは、裏側から透かして見る、という手もある。こちら側には精気がたっぷり満ちているし、向こうで見るより、隠れている精霊を見つけやすいはずだよ」

「え……」

「前にも言ったとおり、この土地の、人が住む世界と精霊の世界は表裏一体。こちらの世界の、東町に当たる場所へ行ってみよう」

　表の世界では車に乗って移動出来るけれど、こちらではそうもいかない。秘書兼運転手の浚さんも、こちらではてくてく歩いて総帥のお供をしている。

　自然物しかない素朴《そぼく》な世界で、私たち一貫性のない四人組は、一層怪しい感じで浮いているんだろうなと思う。けれどそれを突っ込むような通行人もここにはいないので、黙って東町方向へ歩いた。ちなみにここの精霊はみんな穏やかなので、刺激も強くなく、総帥と手を繋《つな》がなくても大丈夫である。

　野を越え、丘を越え、川をひとつ越えた辺りで、「この辺かな」と総帥が足を止めた。そこは少し高台になっている場所で、背の低い木がまばらに生えている。

「ここからは、だりあちゃんに本気を出してもらわなきゃならない。チョーカーを外して、悪い気を発している精霊の気配を探れるかな」

「探るって、どうやって？」

「神経を集中させて、この世界の中を見るんじゃなくて、その向こう側を透かして見るような感覚で——そうだなあ、夜の窓ガラスを見るような感じが近いかな？　普通に見れば鏡みたいに自分が映って見えるだけだけど、そこを透かして窓の向こうを見るような——」

「……やってみます」

チョーカーを外してスカートのポケットに入れ、言われたとおりにしてみる。普通に前を見ても、この世界の豊かな自然が見えるだけ。それを見るんじゃなくて、その向こうにあるものを透かして見る感じ——？

頑張ってみたけれど、なかなか、実際に目の前にあるものの向こうを透かし見るというのは難しいことだった。

目の焦点の合わせ方を変えてみたり、目を眇《すが》めてみたり、片目ずつで見てみたり、試行《しこう》錯誤《さくご》を繰り返し、「所詮《しょせん》、税込み三百円の娘ですからね」と淩さんお得意の蔑《さげす》み目線で見られ、それでも何も見えてこないので、どうせ私なんか素人《しろうと》だし——と自信を失くして降参しようとした時だった。視界の中に、何か黒いものがちらりと見えた気がした。

「！」

なに、今の？

一瞬見えたものの姿を追うように視線を定めると、自然豊かな精霊界の風景の向こう側に、黒い染みのようなものがどんどん広がってゆく。その周りに、東町の住宅街の風景も見えた。

「――総帥、何か真っ黒いものが見えます。すごく厭《いや》な感じ。さっき表の東町で感じた悪意を、もっと濃くしたみたいな――」

そう報告すると、総帥が私の右手を握った。

「ああ――あれ《い》だね」

「あの黒いのが精霊ですか？　何の精霊ですか」

「うん……ちょっとこの距離からだとわからないな、黒く染まり過ぎている」

「なになに、どんな精霊？　僕も見たい」

そう言って速水さんが私の左手を握ってくる。――だから、男性に免疫《めんえき》のない女子高生の手をそう気軽に握ってもらっちゃ困るんだってば――！

顔を赤くしている私の気も知らず、速水さんはがっかりしたように言う。

「う～ん、僕にはよく見えないな。厭な感じがするのはすごくわかるけど」

「え……」

私と手を繋げば、誰でも精霊が見えるわけじゃないのか。

「やっぱり、だりあちゃんと総師は相性ばっちりなんだなあ」

速水さんは拗《す》ねた顔で私の手を放し、その言葉に反応した浚さんがまた「税込み三百円の分際で……！」という目を向けてくる。そして、そんなことはお構いなしに総師が口を開いた（みんなマイペースだ！）。

「本体を失った精霊は、行き場を失ってさ迷ううちに、自分の正体がわからなくなってしまうことがあるんだ。自分が何なのかわからなくなって、近くにいる人間の感情に染まってしまったりする。人間は情の強い生きもので、特に恨みとか憎しみとかマイナスの感情が大きくなると、精霊はそれに引きずられやすい。そうして悪意に染まった精霊が、己を失って暴走するのが怖いんだよ。そうなる前に保護したかったんだけど――」

「あの真っ黒い精霊は、人間の悪意に染まってしまっているということですか？」

一度見えるようになると、もうそれに焦点を合わせるのは簡単だった。けれど、悪意の黒さだと知ってしまったせいか、それは見ていると不安になる真っ黒さで、出来れば目を逸《そ》らしたかった。

──でも、あれを放っておいたら、あの精霊はもっと暴走してしまう？　表の世界で、もっとひどい事件を起こすかもしれない？

だったら、あれが見える私が何とかしないと！

せめて、何の精霊なのかがわからないものかとじっと見つめ続けるうち、吸い込まれるような黒さの中に、引っ張られる感覚があった。

「……!?」

一瞬にして見える世界が真っ暗になり、その中で天地が反転したような、身体《からだ》が宙に浮いているような、訳のわからない状況に陥《おちい》っていた。

──なに!?　ここ、どこ!?

とにかく真っ暗で──というか周りが真っ黒で、総帥たちの姿も見えない。

パニックを起こしていると、どこからか大勢の人の声が聞こえてきた。それは、周り中の精霊が一斉に喋《しゃべ》り出すのと似ていたけれど、違うのは、聞こえてくるのが恨み言ばかりな点だった。

どうして俺ばっかりこんな目に──なんで私がこんな仕事を──あんなに頑張ったのにどうして俺が不合格なんだ──あの子の方がサボってるのに──これくらいのミス、誰にでもあるじゃないか──あいつはなんでいつも楽しそうなんだ、それに引き換えこっちは

──ああもう、何もかも燃えちまえ───!

これは何──?

他人の恨み言なんて聞きたくない。自分の感情もそれに引きずられるから厭だ。

聞きたくないのに、四方八方から黒い感情をぶつけられる。拷問《ごうもん》のような時間が過ぎるうち、とうとう私の心にも黒いものが湧き上がってきた。

──こんな体質に生まれたのは、私が悪いわけじゃないのに。こんな力があったって、人に迷惑かけるわけじゃないのに。私はこのまま、どうなっちゃうの? 普通の人には理解されない、裏側の世界で生きるしかないの?

私、本当はもっとお母さんに傍にいて欲しかった。もっと我がまま言いたかった。お父さんはどんな人なの、って無邪気に訊きたかった。うちにはお父さんがいなくて寂しい、って素直に言いたかった。でもお母さんを困らせたくないから、黙ってた。

「私ずっといい子にしてたのに、どうしてこんな目に遭《あ》わなきゃならないの───!」

声に出して不満を叫んだ時、自分が何かとぴったり重なった──同化したのをはっきりと感じた。

同化している時は、不思議なことに、自分が何になっているのかも見える。今、私が同化しているのは、一本のフルートだった。ひしゃげて壊れた銀のフルートが、酸化したのか真っ黒になっている。

これ――やっぱり、タケオさんから連絡があったフルートの精霊!?

フルートの精霊に同化したことで、フルートの記憶が私の中にも流れ込んできた。

白い塀《へい》に囲まれた大きな家で、両親に愛されて育った少女。やがてフルートを習い始めた少女は、両親から銀のフルートをプレゼントされた。少女から大切にされたフルートの精霊は、持ち主に寄り添い、楽器は一層美しい音色を奏でた。

成長した少女は国際コンクールで入賞を果たし、将来を期待されていた。けれどそんな時、少女は交通事故に遭い、呆気《あっけ》なく生命《いのち》を落とした。共にあったフルートもひしゃげ、音が出なくなった。

少女の両親は、娘の形見として、その音の出ないフルートを大切にしていたが、ある日、金属狙いの空き巣に盗まれてしまった。純銀のフルートは潰され、形を失ったが、精霊は残った。持ち主を失い、己の器《うつわ》を失い、さ迷いながら持ち主の故郷まで戻ってきた。けれどその間、知らず知らずに周囲の人間が発する負の感情を取り込んで、悪意に黒く染まっていった。

そういうことか――。フルートの精霊と同化したまま、私は納得して頷《うなず》いた。

フルートの精霊自身に、人を恨む黒い心があったわけではない。ただ持ち主に大切にされて、本体を失っても残るほど強い力を持ってしまったばかりに、人の負の感情まで引き寄せて取り込んでしまったのだ。

なんとかこの黒い感情を、精霊から引き剝《は》がさなければ。せっかく戻ってきた持ち主の故郷で、悪いことをさせるなんて趣味が悪過ぎる！

でも、どうすればいいの？　総師に救けを求めたくても、フルートの精霊と同化してしまっている状態では、身体がないのと同じだから声を出せない。仮に、声を出せたとしても、私と手を繫《つな》いでいる状態でなければ総師にはこちらが見えないわけで――。

ああもう、肝心《かんじん》な時に使えないイケメン――！

フルートになったまま、気分的に地団駄《じだんだ》を踏むと、どこをどう踏んでしまったのか、壊れているはずのフルートがピューと鳴った。その途端、弾むような女の子の声が頭の中に響いた。

『ねえ、あなた。私の中にいるあなた。私の声が聞こえる？』

びっくりした私は一瞬言葉を失ったものの、

『ねえ、私が見える？　私、フルートっていう楽器なんだけど』

可愛《かわい》い声がひどく無邪気に話しかけてくるので、「うん、見えるし、聞こえるわ」と答えると、精霊は喜んで楽器をピューピュー鳴らした。

『あのね、私はマリエと出逢《であ》ったおうちに帰りたかったの。だから飛んできたのに、途中で何か黒いものにどんどん纏《まと》わりつかれて、身体が重くなって、そいつらが勝手に動き出して、すごく迷惑なの。どうしたらいいと思う？』

紅葉の精霊の紅葉川夫人があああいうキャラクターであるように、このフルートの精霊はこういう無邪気なキャラクターなのだろう。あるいはマリエという持ち主が、そういう少女だったのかもしれない。

「どうしたら、って――」

なんとかしてあげたいのは山々だけど、私が持つ力は同化だけで、そこから何かをするということが出来ない。

『私はね、ずっとマリエと一緒にいたかったの。マリエは私を、すごく気持ち良く鳴らしてくれるの。マリエが私を吹けば、私の音はどこまでだって風に乗って飛んでいけるのよ。でもね、マリエはそんなにうまく私を鳴らせるのに、他のことは不器用なの。好きな人に声をかけることも出来ないの。絶対向こうもマリエのこと好きなのにね、それに気づいてないの。まったくじれったいったら』

フルートの精霊は、持ち主との思い出を楽しそうに語った。

すると、周りを取り巻いていた黒い世界が、不意にみしみしと揺れた。その揺れは、精霊が明るい声で何かを言う度《たび》に起きる。まるで、人が居心地の悪さに身じろぎをするような、そんな揺れ方だった。

——そうか。きっと、持ち主と器《うつわ》を失って寂しがっている精霊の感情に付け込んで、負の感情が群がってきたのよね。だったら、付け込む隙《すき》を埋めたら……？

私は精霊に思い出話を促した。

「それで？　マリエさんは、その好きな人とはどうなったの？」

『もうね、周りから見れば、ふたりが両想いなのはバレバレなのよ。それなのに、本人たちだけもじもじしてるの。まあ、周りはそれを温かく見守る姿勢でいたんだけどね、ある日こんなことがあって——』

「えー、そんなことが——!?」

『それから、こんなことも——』

私が派手に反応すると精霊の話もどんどん盛り上がり、その楽しげな雰囲気《ふんいき》に、黒い世界の身じろぎもどんどん激しくなる。恨み言攻撃でこちらの明るい会話を打ち消そうとしてくるけれど、女子の恋バナ好きを甘く見てもらっては困る。無邪気な女の子キャラの精霊は、持ち主のラブコメエピソードをこれでもかと繰り出してくる。

やがて、黒一色だった世界に、細く白い光の筋が見え始めた。ヒビが入っている？

やっぱり——人を恨んで憎んで僻《ひが》み根性に固まった黒い感情は、天真爛漫《てんしんらんまん》な明るさに弱いのだ。闇は光に取り憑《つ》いていられない。フルートの精霊は元々こういうお陽様のようなキャラクターなのだから、それを引き出してやれば、あいつらも剝がれるはず——！

そう確信した時、私の目の前に、綺麗《きれい》な長方形の光の筋が描かれた。すごく見覚えのある輪郭《りんかく》だった。

——総帥が描いた扉⁉

ここから私の声が、彼に届くかはわからない。それでも——

「総帥——‼」

力の限り叫ぶと、ぐんっと自分が強い力で引っ張られるのを感じた。

総帥に鎖を握られている首輪《チョーカー》は首から外していて、そもそも私はフルートの精霊と同化している状態で、何をどう引っ張られたのかわからないけれど、次の瞬間、いきなり視界が明るくなり、目を開けていられなくなった。

何度も瞬きをして、やっと視力を取り戻すと、目の前には鮮やかな緋色《ひいろ》のスーツの布地があった。その馬鹿げた色のスーツが、なんだか無性に懐かしく感じた。

私は元いた東町の裏側に戻っており、総帥の腕の中に包まれていた。そして私自身の腕の中には、銀色に光るフルートがあった。

黒い感情を振り払ったフルートの精霊は、のびやかな音色を奏でたあと、若い女性の姿に変化して私に頭を下げた。かと思うと、またフルートの姿に戻り、足元の草の上にぽとりと落ちた。

「あっ――」

動かなくなってしまった精霊に私が慌てると、総帥が優しく笑って頭《かぶり》を振った。

「大丈夫だよ。力を使い過ぎて、休んでいるだけだから」

力を使い過ぎたといえば、それは私も同じだった。身体《からだ》に力が入らず、総帥の腕の中から抜け出せない。総帥は私の頭を撫《な》でながら言った。

「よく頑張ったね。君が内側から黒い感情を弱めてくれたから、君たちをこちらへ引っ張り出すことが出来たよ」

「……ああいう連中には、お陽様攻撃しかないと思ったんです。私が頑張ったというより、フルートの精霊がああいうキャラでよかった……」

だって、自分がとびきり不幸でかわいそうだと思っている人間は、「わかるよ」と同調されたって「あんたに自分の気持ちがわかるわけない！」と突っぱねるし、「もっとかわいそうな境遇の人もいるんだから」なんて諭《さと》されようものなら、もっと激しく反発するだろう。ただ自分の不幸を嘆《なげ》きたいだけの面倒臭《めんどうくさ》い奴には、お陽様攻撃を喰らわせて毒気を逸《そ》らして、逃げるのが一番だと思った。

──他人にどうしてもらうことも出来ない黒い感情、というものは私にもあるから。

さっき、なかなか表の世界が透かして見えなくて、どうせ自分には無理なんだって卑屈《ひくつ》な気持ちになった時、急に探していた黒いものが見え始めた。それは私が──私も、ああいう面倒臭い感情を抱えているから同調したのだと、今ならわかる。自分はとびきり不幸な境遇の、かわいそうな子だと思って、不幸に酔っている。フルートの精霊を黒く染めた感情の持ち主たちと、私は何も変わらない──。

「だりあちゃんは、いい子だよ」

私の心を読めるわけでもないだろうに、総師はあやすようにそう言って、また私の頭を撫でた。

子供扱いだ、とムカついたし、自分の根暗さに落ち込んでもいたけれど、撫でてくれる総師の手がとても嬉しく感じたのも本当だった。

ここでは、精霊と溶け合えることが仕事の役に立つ。私がこんな目を持っていることも、こんな感情を抱いていることも、そのせいで困っている精霊を救ける役に立ったなら、無駄ではなかったと思える。

自分にも出来ることがある──。

ただの変な子ではなくて、ただの面倒臭い子ではなくて、自分は誰かの役に立てる力を持っていると思えるのはとても嬉しいことだ。

それに、この総師という人も——。

本名不詳のいつも笑顔のお坊ちゃまで、開けたものも閉められない、受話器も元に戻さない、女子高生に首輪を付けて喜ぶような人間性に問題のある残念なイケメンだけど、この人にこうやって褒められるのって悪くない。

不安と不満で心が真っ黒になりそうな時のある私には、こういう馬鹿げた人のお陽様攻撃で、それを剝《は》がしてもらう必要があるのかもしれない。

「税込み三百円の特価品の分際で、いつまで総師の腕に摑《つか》まっているつもりですか。離れなさい！」

脇で浚さんが何やらぎゃあぎゃあ言っている。速水さんがそれを宥《なだ》めようとしているみたいだけど、身体と瞼《まぶた》が重くて重くてたまらない。総師の腕の中がたまらなく気持ち良くて、まるでとろけそう。

ああ、探偵社の名前《So Sweet》って、あながち駄洒落《だじゃれ》だけじゃないのかもしれない。本当に総師の腕の中は、とても甘い——。

第二話

精霊探偵社《So Sweet》と緋色の記憶

1

「はい、精霊探偵社《So Sweet》です」

けたたましく鳴る応接間の電話に出ると、相手は紅葉の精霊・紅葉川《もみじがわ》夫人だった。

今日も今日とて、お喋《しゃべ》り好きな紅葉川夫人の世間話に付き合う私の横では、さっきふらりと顔を出した着流し姿の画家・速水清雅《はやみせいが》さんがスケッチブックに向かっている。

一時間以上も紅葉川夫人のお喋りに付き合わされたあと、やっと電話を切り、「何を描いてるんですか？」と速水さんのスケッチブックを覗《のぞ》き込んで、驚いた。

「だりあちゃんだよ」

私は私でも、私をモデルにした着せ替えお絵描き遊びだった。色鉛筆で描かれた私は、赤や青の派手なドレスを着ていて、まるで小さな女の子がお絵描き帳に描き散らすお姫様のようである（速水さんの場合、画力はプロだけど！）。

「だりあちゃんはさ、いつも黒とかベージュとかシックな色ばかり着てるじゃん？　もちろんそれも似合ってるけど、もっとビビッドな色も似合うと思うんだよね。だからちょっと想像で描いてみましたー。今度、こういう真っ赤なドレスとか着てみない？」

「着てみません！　私、赤は苦手なんです」

きっぱり答えてから、ふと思いついて訊いてみる。

「あの、ところで――総帥《そうすい》が赤い色のものばかり身に着ける理由って知ってます？」

「へ？」

この精霊探偵社の社長、真っ赤なスーツがお気に入りの《総帥》と名乗る人物は、ただいま秘書を連れて外出中である。その隙《すき》に、謎多き総帥の謎をひとつ、暴いてやろうと思ったわけだけれど――速水さんは一瞬ぱちくりとしたあと、肩を竦《すく》めて答えた。

「そりゃあ……好きな色だからじゃない？」

当たり前なことを何を今さら、みたいな顔で言われて、私はがっくり肩を落とした。

「総帥本人にも訊いたら、そう言ってましたけど……」

「本人が言ってるんなら、それで正解でしょ」

「でも、いくら好きだからって、日常生活に真っ赤なスーツなんてとんでもないコーディネイトを取り入れるからには、何か特別な理由があるのかなーと……」

「あはは、真っ赤なスーツ？　上等じゃん、総帥はモデル張りの美形だからね、それくらい難なく着こなせるよ」

……駄目だ。洋画家なのに、趣味で日常的に着流し姿をしているような人に訊いた私が馬鹿だった。毎日の服装選びなんてこの人たちにはコスプレ感覚なのかもしれない。

「まったく、意味わからないんだから……あの煩悩総師《ぼんのう》」

私のつぶやきを速水さんが拾う。

「煩悩総師？　って？」

「浚さんがいつも自慢してるじゃないですか。総師には特技が百八つある、って。煩悩の数だけ特技があるなら『煩悩総師』でいいかなって。何ならもっと縮めて、『ぼんすい』でも……」

そこへ、秘書の浚《さらい》さんを連れて総師が帰ってきた。私は慌てて口に両手を当てる。

「あっはっは！　ぼんすい？　なんだか盆栽《ぼんさい》みたいだねぇ」

今日も赤いスーツ（ポイントに黒ライン入り）姿の総師は、私が勝手に付けたあだ名を笑い飛ばしたけれど、浚さんの厳しい目つきは「この税込み三百円が、口を慎《つつし》め」と口ほどにものを言っている。

「大分猫が剝《は》がれてきたねぇ、だりあちゃん。言いたいことを言うのは、心のためにも身体のためにもいいことだよ」

そう言いながら向かいのソファに腰を下ろした総師に、私は気まずい思いで身を縮めて俯《うつむ》いた。

初めは、女子校育ちの自分が男性ばかりの職場でやっていけるだろうかと心配だったけれど、いざここで働き始めると、その戸惑いや緊張感より、この人たちの前では精霊が見える自分の力を隠さなくていいんだ――という気楽さの方が勝《まさ》ってしまっているようだった。まだ出会ったばかりの人たちなのに、存外言いたいことを言えている自分に、自分でも驚いている。

私が俯いている間に、総師は速水さんが描いた絵を見ていた。

「うん、僕もだりあちゃんは赤が似合うと思うよ。今度こういうドレスをプレゼントしようか」

「結構です！　私、ほんとにそういう色は苦手なので！」

私は慌てて頭《かぶり》を振って遠慮《えんりょ》した。

別に、真っ赤なスーツの総師とペアルックみたいになってしまうのを厭《いや》がっているわけではない（厭じゃないわけでもないけど！）。そうではなくて、赤は私にとって、選んではいけない色なのだ。

――赤い色は、お母さんにお父さんを思い出させるかもしれないから。

私が物心つく前に母と離婚した父のことは、顔も声もほとんど記憶にない。けれど、ひとつだけ強く覚えていることがある。

父は私に、赤が似合うと言って赤い色の服や玩具《おもちゃ》を買い与えるのが好きだった。

そのせいで一度、髪のリボンから服に靴下《くつした》に靴まで、全身真っ赤な恰好《かっこう》をさせられ、さすがに趣味が悪過ぎると母が父に文句を言っていた。前後のことは覚えていないけれど、そのシーンだけ、なぜか強烈に記憶に刻み込まれている。

だから私は赤い色のものを選ばない。赤は父の記憶だ。父のことを何も言わない母に、父を思い起こさせるようなことをしたくないのだ。

本当のことを言ってしまえば、私は赤が嫌いなわけではない。それどころか、お店で見かけた赤い服とか赤い小物を欲しいと思うこともよくある。けれど、そんなものを買って帰ったら母を不快にさせるかもしれないと思うと、避けるしかなかった。

——それなのに、馬鹿げて派手な緋色《ひいろ》をいつも身に着ける男が身近《ここ》にいる。

スーツが赤じゃない時は、シャツが赤だったり、ネクタイやポケットチーフ、腕時計のベルトだのの小物が赤い。常にどこかに緋色を取り入れている。彼のそんな服装が神経に障《さわ》るのは、私の勝手な事情によるものだから、八つ当たりみたいに文句を言うわけにもいかないとはわかっている。でも、自分が身に着けられない赤い色を目の前でこうも堂々と愛用されると、やっぱり憎たらしいと思ってしまうのだった。

そんな心の内を明かすことも出来ずにいると、テーブルの上でアンティークな電話機がけたたましく鳴り始めた。救われた思いで、私は飛びつくように受話器を取った。

「はい、精霊探偵社《So Sweet》です！」

『あ――精霊探偵社《So Sweet》ですか？　え、アルバイトの、花森《はなもり》だりあさん？』

戸惑いがちに訊き返してきた声は、精霊の都の都庁職員・タケオさんだった。

『ああ、すみません。表の世界はもう夏休みが終わっていると聞いたので、あなたのバイトも終わったものと思っていて――少し驚いてしまいました』

「あっ……えっと、はい、訳あってまだバイト中なんです」

私は苦笑いして答えた。

総帥の留守にタケオさんから電話が来ることは今まで何度もあって、そんな時のちょっとした雑談ついでに、自分は夏休みの間だけのお試しバイトの身の上だと話したのは私自身だ。そうなることを願っての希望的説明だったけれど、結果的に嘘をついたことになってしまった。タケオさん、ごめんなさい。

夏休みの前半にフルートの精霊事件を解決したあと、少し気持ちが前向きになったことで、状況の好転も期待したのだけれど、そう簡単にはいかなかったのだ。それから夏休みが明けて新学期が始まっても、私の精霊が見え過ぎる力はコントロール不能のままだった。

仕方なく、学校や友達には、夏休みに祖母のところへ遊びに来たまま体調不良がぶり返したのでしばらく休むと説明し、精霊探偵社でのバイト続行となってしまったのだった。

肩を落としつつ総帥に電話を取り次ぐと、総帥は電話の向こうのタケオさんに何度か「うん、うん」と頷《うなず》いたあと、すぐに受話器を放り出した。

「だから、通話を終えたら受話器は電話機に戻す――！　すぐ目の前にあるんだから、出来ないことじゃないでしょう！」

私がこう言って叱《しか》るのも、それを総帥が一向に聞かないのも、いつものことだった。浚さんが受話器を戻しているのを横目に見ながら、ため息をついて訊ねる。

「それで、タケオさんは何を？　仕事の依頼ですか？」

総帥は頭《かぶり》を振った。

「ううん、ただ過去の事件のことでちょっと確認があっただけだよ」

「こないだの電話も、その前の時も、確かそうでしたよね？」

「精霊台帳に自動的に書き込まれる情報と、そうでない情報があるからね。書類作りが大変らしいよ、都庁の職員も」

「……もしかして、精霊絡みの大きい事件って、そう頻繁《ひんぱん》にあることじゃないんですか？」

あのフルートの精霊事件以降、紅葉川夫人がちょっとした迷子の精霊保護を求めてくることはあっても、事件らしい事件は起きていない。この土地では精霊が人を傷つけようとする事件がしょっちゅう起きるのかと覚悟していた私としては、実は少し拍子抜けの気分を味わっていた。

「それは、その時によるねぇ。精霊もこちらの都合で動いてるわけじゃないからね。連日大事件が起きて、てんてこ舞いな時もあれば、何ヶ月も暇な時もあるよ」

「じゃあ、いつも出張中の社員さんたちは何をしてるんですか？」

「彼らは、日本中を巡回してるんだよ。《精霊指定都市》であるこの土地以外では、精霊もあんまり大きな力を持たないから、問題を抱えた精霊や迷子を見つけても、彼らだけでなんとか出来るしね」

それを聞いて、私は身を乗り出した。

「巡回！　私もそれ、やりたいです。この辺の近場だけでも！」

「え？　だりあちゃんひとりで？」

「はい、総師に助けてもらっていたら、訓練になりませんから」

以前までは、精霊が様々な色に見えてうるさい、と思っていたけれど、先日のフルートの精霊事件を経験して、精霊の発する色には意味があるのかもしれないと思い当たったのだ。楽しい気分の精霊たちは、明るい色で見える。気が立っていたり怒っている精霊はバチバチ発光しているように見えることもある。悲しい思いをしている精霊はくすんだ色合い。それが過ぎると、真っ黒に染まってしまうのだろう。

ということは、私なら、元気のない精霊を見つけることが出来る。自分から声を上げられない精霊を、悩みが深くなる前に救けてあげられるかもしれない。そうやって精霊と接して実地訓練を積むことで、見え過ぎる目のコントロールも出来るようになるかもしれない。そう訴える私に、総帥はう〜んと唸《うな》って腕組みをした。

「でも、まだ今のだりあちゃんひとりで街を巡回させるのは心配だなあ……。それに、だりあちゃんには電話番の仕事もあるし」

あっ、そうか、電話番——。それも一応、私の大事な仕事だった……（ほとんど紅葉川夫人の話し相手だけど）。じゃあ駄目かと私がしょんぼり項垂《うなだ》れると、反対に速水さんが勢いよく立ち上がって、ドンと薄い胸を叩いた。

「だりあちゃんのやる気に僕は心打たれたよ！　電話番だったら、僕が替わってあげるよ。とりあえず、明日は一日時間があるし」

「本当ですか!?」

「うん、その代わり、今度だりあちゃんをモデルにもっと大きい絵を描かせて！　だりあちゃんにはこういう恰好も似合うと思うんだよねー」

そう言って見せられたスケッチブックのラフ画は、ゲームに出てくるキャラクターみたな露出の多いひらひらの服を着ている。

「人を絵で勝手にコスプレさせないでください！」

2

結局あのあと、「交換条件は冗談だよー」と速水さんが笑顔で言ってくれたので、翌日は彼に電話番をお願いして、私は街へ巡回に出かけることになった。

総師がまだ心配そうに、一緒に行こうかと言ってくれたけれど、断固として断った。

つまりは、必要な時以外は精霊を見ないように、視覚情報の取捨選択を覚えればいいわけで、先日、精霊界から表側の世界を透かし見たみたいに、意識の持って行き方次第で、見えるものと今は見なくていいものをコントロール出来るはずなのだ。それを意識的に、延《ひ》いては無意識にやれるようになれば、普通の生活が出来るはず。そのためには、総師に手を繋《つな》がれていては訓練にならない。今の私には荒療治《あらりょうじ》が必要なのだ。

張り切って探偵社を出た私は、ビルのある欅《けやき》通りを一通り歩いてみた。といっても、至るところにいる精霊が見え過ぎてすぐに酔ってしまうので、休み休みではあるけれど。

欅通りにはこれといって救けを求めているような精霊は見当たらないまま（精霊探偵社のお膝元なのだから、当然かもしれない）、今度はバスに乗ってもう少し遠くへ足を延ばしてみることにした。

東京育ちでここの土地勘がない私にとって、ひとりでバスに乗って適当なところで降りて歩いてみて、またバスに乗って――という繰り返しは新鮮な大冒険だった。人懐こく話しかけてくる精霊からは周囲の精霊情報を聞き出してみようかとも思ったけれど、それをすると、傍《はた》からは『何もないところでひとりで喋《しゃべ》っている変な少女』である。こういう時は、連れがいた方がまだごまかしが利《き》いたなあと思ってしまう。

そうして、ちょくちょく休憩を挟みながら探偵社の周辺地域を巡回するうち、学校の下校時刻になっていた。ちょうど高校の近くを通り掛かったバスの窓からたくさんの高校生の姿を見かけ、私は急に胸がずんと重くなったのを感じた。

平日に探偵社の外へ出るということは、こういう光景を見る覚悟が必要ということだ。夏休みの間はまだよかったけれど、新学期が始まっても学校へ行けずにいる自分を思うと、私は何をしているんだろう、これから私はどうなってしまうんだろう――と黒い不安が込み上げる。

――駄目だ。こんな気持ちじゃ、困っている精霊を見つけて救けるどころじゃない。

次のバス停で降りて、休むところを探していると、ここが紅葉川公園の傍だと気がついた。公園の中ならベンチがあるだろう。

出来るだけ人目に付かない場所のベンチを探して歩くうち、川沿いの紅葉の木が立ち並ぶ辺りまで来ていた。ここまで来て素通りもどうかと思うので、樹齢《じゅれい》二百年の立派な紅葉の木の下まで歩くと、そこに宿る紅葉川夫人に声をかけられた。

『あら！　だりあちゃんじゃないの。ひとり？』

反射的に返事をしかけたものの、少し離れたところに学校帰りらしい学生たちの姿が見えて、私は慌てて口を噤《つぐ》んだ。そして通行人からは死角になる角度からこっそり紅葉川夫人にささやいた。

「すみません、ひとりでいる時にうっかり精霊と会話をすると、『独り言を言っている危ない人』みたいに見えちゃうんです」

するど、紅葉川夫人は事も無げに言った。

『あなた、アレ持ってるでしょ。最近の、持ち運び出来る板みたいな電話。それで話してるように見せればいいんじゃない』

なるほど。私はポンと手を打った。

繋がっていないスマホを耳に当て、如何《いか》にも誰かと電話で話しているように見せかければ、目の前の精霊と会話していても変な目で見られない。もっと早くそのことに気づくべきだった、と苦笑しながら、私は近くのベンチに座った。

「すみません、ちょっと疲れてしまって、ここで休ませてください」

位置的に、ベンチに座ると紅葉の木は私の背後になるのだけれど、そのくらいの距離ならば紅葉川夫人の声は問題なく聞こえた。

『今日はどうしたの？　あなたがひとりで外を歩いてるなんて珍しいじゃない』

訓練のための荒療治で巡回に出てきた経緯《いきさつ》を説明すると、紅葉川夫人は私が話さなかったことまで察したようだった。

『それで、外で自分と同じ年頃の子たちを見かけて、自分の境遇との違いに落ち込んじゃった――というわけ？　あなたはあれね、人からどう見られるかということがいつも気になるのね』

「……」

だって、普通の人には見えないものが見えるのは、『変な子』なのだ。子供の頃にそれを知って以来、人から変だと思われないように気をつけるのは当然の心構えになっている。

と、私の前をまた学生たちの集団が通り過ぎて行った。私は無意識に身を縮こまらせた。

背後から紅葉川夫人が言う。

『あなたには足があって、ひとりでどこへでも行けるのに、世界が狭いわねぇ。あたくしはここから動けないけれど、あなたよりずっといろんなことを知っているわよ。庶民《しょみん》の子供が高等教育を受けるのが当たり前になったのなんて、最近だってこともね』

何百年も生きている精霊の感覚と一緒にされては困ってしまう。昔がどうであろうと、私が生きているのは今で、私が今まで生きてきた環境というものがあって、その中にある常識から外れるのは怖いことだ。

私は紅葉川夫人に反論するともなしに口を開いた。

「大《おお》ばあさまが経営している学校がこの近くにあって、そこに転入したいなら手続きしてくれるというんですけど……転校したって状況は変わらない。今のままじゃ、まともな学校生活は送れない。もう少し精霊探偵社で修業を積めば、力をコントロール出来るようになるかもしれないから、まだしばらくは様子を見させて欲しいって頼んだけど──」

どうしても駄目だったら、学校を辞めるか、通信制高校に転入するかしかない。別に精霊が見えるなんてとんでもない事情を抱えていなくても、経済的な理由や健康上の問題、あるいは芸能人やアスリートとか毎日学校へ通うのが難しい人が、通信教育で学校卒業資格を得たりしているのは聞いたことがある。勉強をするのに、必ずしも学校へ通わなければならないわけではないのはわかっている。私は別に、勉強がしたいのに出来なくて困っているんじゃない。ただ、友達と違う道を選ぶのが怖い。それだけなのだ。

幼稚園からエスカレータ式の学校で子供の頃から一緒に育ってきた同級生たちと、同じように出来ない。自分だけが、みんなの乗っているレールから外れてしまう。途中で学校を辞めたり通信制に転入したりしたら、みんな、私のことをどう思うだろう。どんな風に噂《うわさ》されちゃうんだろう――そのことが不安で怖くてたまらない。

『――まあ、人間は社会的な生物で、とりわけ日本人は同調圧力が強いというし、周囲の目とか、そういうことを気にするのも仕方がないのかしらねえ……』

紅葉の木にわかったようなことを言われている……。

私が苦笑いした時、赤いスーツの青年がこちらへ歩いてきた。

「総帥……!?」

まさか、私を尾行してたとかじゃないですよね――と疑惑を口にする前に、総帥が口を開いた。

「紅葉川夫人から、だりあちゃんの具合が悪そうだとホットラインで呼ばれてね」

私は思わず背後の紅葉の木を振り返った。

「私と会話しながら、総帥に電話するなんて器用なことが出来るんですか!?」

『それが精霊の神秘ってやつよ。恐れ入った?』

紅葉川夫人はドヤ顔で言って、にっこり笑った。

3

公園の外に停められた車の運転席には、浚さんがいた。

後部座席に乗り込むなり、総帥は隣に座る私の顔を覗《のぞ》き込んだ。彫刻みたいな貌《かお》が間近に迫り、息が止まりそうになる。

「大分顔色が悪いね。そんなに無理しなくていいのに。——ほら、気持ち良くしてあげるからおいで」

そんなことを言って腕を広げる総帥から私は飛び離れた。

「なんかいかがわしい感じに聞こえるから、そういう言い方やめてくださいっ」

けれど車の中で隣り合った人と距離を取ろうとしたところで、意味はなかった。抵抗するだけ息が切れて、却《かえ》って自分の体力を失ってゆくだけだった。

「意地っ張りだなあ、おいで」

強引に腕を引かれ、抱きしめられると、もう逃げられない。

「〜〜〜」

本当に、総帥の腕の中は気持ちいいのだ。見え過ぎるものが和《やわ》らいで神経が休まるだけではなく、これを人に説明するのは難しい感覚だけれど、甘い。食べものや香り以外のものに甘さを感じることがあるなんて、総帥の腕の中に抱きしめられて初めて知ったことだった。

神経の疲れが癒《いや》され、身体《からだ》が楽になってふわふわしてきて、そのまま眠ってしまいたくなる。甘いお菓子をもっともっととねだるみたいに、ずっとずっとこの腕の中にいたくなる。依存性がすごい。気持ち良さが癖《くせ》になる。だから怖い。

「こんなの、不適切な関係だわ――！」

気持ち良く眠ってしまいそうな自分を起こそうと大声を上げた私に、総帥は私を抱きしめたまま、きょとんとした。

「何が不適切？　君は身体が楽になる、僕は可愛《かわい》い女の子を救えて気分が良くなる、どちらもいい気分で、いい関係だと思うけど？」

「不適切だと言ったら不適切なんですー！」

総帥の腕の中で暴れながら身体を捻《ひね》った時、バックミラー越しに浚さんとふと目が合った。例によって、険しい目つきが「税込み三百円の分際で……！」と語っている。

「浚さん、ちゃんと前見て運転してくださいー！」

そんなドタバタをしばらく演じ続けてようやく、総帥が腕を開いて解放してくれた。どうも、私が暴れられるほど体力を取り戻すまで、からかって様子を見ているような気がしなくもない。

むくれながら改めて総帥の隣に座り直すと、「そういえば」と総帥が訊いてきた。

「だりあちゃん、さっき誰かと電話してた？　邪魔しちゃったかな」

「あ、いえ――」

スマホを耳に当てていたのは精霊と会話するためのカムフラージュだと説明する。

「――なるほど。だりあちゃんは現代に生まれてラッキーだったね。携帯電話がない時代は、そんなカムフラージュも出来なかったんだから」

そう言われると、そうだ。携帯が普及する前の時代、紅葉川夫人に気に入られて会話を求められた人は、周りからひたすら変人だと思われていたんだろうか。気の毒に……。

過去にいたかもしれない被害者に同情していると、総帥は笑顔で続ける。

「僕だったら、紅葉の木と話している女の子がいても変な目なんかで見ないけどなぁ。可愛いし、微笑《ほほえ》ましいと思うよ」

「誰もがそういうポジティブな見方をしてくれるとは限らないですから。というか、そういう見方をしてくれる人は少数派です。大抵の人は、気味悪がるだけですよ」

「そうかなぁ。僕から見たらだりあちゃんは、他の人には見えないものが見えてラッキー、精霊と仲良く出来てラッキー、って思うけど」

「……」

総帥がやたら能天気でポジティブなのは、きっと恵まれた環境にいる人だからだ。お金持ちみたいだし、容姿はいいし、きっと探偵社の仕事も金持ちの道楽で、本当は働かなくても暮らしていけるお坊ちゃまなのだろう。そんな人に、私の悩みなんてわからない。このまま学校へ行けなくて、就職も出来るかわからなくて、将来が見えない私の気持ちなんて――。

探偵社に戻ると、速水さんから巡回の首尾《しゅび》を訊《たず》ねられた。特に困っている精霊は見当たらず、途中で自分の方がダウンしてしまったことを正直に話した。

「今日は平日だったのがいけなかったんです。今度は土日にまた頑張ってみます」

「なぜ土日?」

「学生が少ないから……。まあ、部活の子とかはいるだろうけど、平日よりは……」

もごもごと言い訳する私に、速水さんも私の悩みを察したらしい。

「僕も、学校にはまともに行けてなかったよ」

と、あっけらかんとした顔で言った。

「子供の頃から、自分の目に見えるもの、そこから広がるイメージを描くのに忙しくて、学校の勉強なんてしてる暇がなかったんだよねー。親も別にそれで叱《しか》るわけでもなかったしね」

「……」

学校へ行かずに絵を描いて、その絵を高価《たか》く買ってくれる人がいて、それで生活していけているなら、それはそれでいいんだろうと思う。でも私には、そんな才能はない。人に理解を求めるのは難しい事情を抱えてもいる。私は速水さんとは違う。

ああ——自分がどんどん卑屈《ひくつ》になってゆくのがわかる。私は苦く笑って俯《うつむ》いた。

あなたは自分とは違う。あなたは自分よりマシ。あなたも自分よりマシ。

結局、自分が一番かわいそうだと思いたいだけ。でも同情されたくもない。ただひとりで不幸に酔いたいだけ。そんな自分の悲劇のヒロイン願望を悟れば、今度は自己嫌悪だ。

「だりあちゃんは何が不満なのかな？」

総師が首を傾《かし》げて言う。

「せっかく、望んで得られるわけでもない特殊技能を持っているのに、だりあちゃんはそれが嬉しくないの？　僕はだりあちゃんがすごく羨《うらや》ましいんだけどな」

私は、特別であることより、普通であることの方が嬉しいのだ。自分が他人《ひと》と違うことに優越感を得られる人と、それが劣等感に繫《つな》がる人とがいる。私は後者なのだ。

むっつりと黙り込んでいる私に、総帥はさらに続ける。

「よくわからないなあ。だりあちゃんの友達は、毎日イケメンに囲まれて、美味《おい》しい料理やお菓子を食べられるのかな？　だりあちゃんはすごく恵まれてると思うけどね。仕事だって、ここに就職すればいいし、何も問題はなくない？」

どうしてこの人はこんなにポジティブなのか！　私は顔を上げて総帥を睨《にら》んだ。

「そういう問題じゃないんです」

「じゃあどういう問題？」

「どういう、って——」

学校を辞めて、精霊探偵社に正式に就職する——それは、普通の人の世界から離れることだ。それは、とても覚悟のいることだ。私にはまだ、その覚悟は出来ない。

子供だと言わば言え。実際に、私はまだ視野の狭い子供だもの！　みんなと違うことをするのが怖いのだ。その『みんな』とは誰なのかといえば、同級生の友達であり、自分が勝手に決めつけている『平均的な何か』、基準なんてあってないような、曖昧《あいまい》なものを指しているのだということもわかってはいるけれど——。

「とにかく、自分で自分をイケメンとか言っちゃう人は己の人間性をよく見つめ直してください！」

むくれて噛《か》みつく私に、総師はそれ以上反論せずに肩を竦《すく》めた。

「ご機嫌斜めだなあ、だりあちゃん。甘いものでも食べて機嫌直してよ。――浚、さっき食べ損《そこ》ねたおやつ出して」

「夕食が入らなくなりますから、少しですよ」

浚さんがキッチンの冷凍庫から出してきたのは、お手製のトウモロコシアイスだった。

「今の時期しか採れないトウモロコシを使っています」

「美味しい……！」

トウモロコシの優しい甘みに舌が喜んで、自然に顔が綻《ほころ》んでしまう。でも、

「う〜ん、これは夏の終わりの尖った三日月の角を削《けず》ったみたいな味だなぁ」

総師の味の表現は、独特過ぎて私には理解出来ない。一応は「美味しい」と言っているらしい。

「毎日こんな浚のおやつを食べられるだけでも、だりあちゃんは幸せだと思うけどなあ」

「そうだよ、こんなシェフ兼パティシエがいる職場なんて最高だよね」

総師と速水さんがそんなことを言えば、浚さんは冷静に答える。

「おだてても、おかわりは駄目ですよ。ごはんが入らなくなりますから」

お母さんだ……。

総師は結構甘党らしく、浚さんは三度の食事の他におやつも毎日作っている（これがまたいつも美味しいスウィーツ！）。でも、男所帯の探偵社に紅一点として入った以上、よそから見れば、私がおさんどんを担当していると思われてるんだろうな――。実際は、キッチンに入らせてももらえない身の上だけど。

「いつも食べさせてもらうばっかりで、なんか私の女子としての立場が……」

思わずつぶやくと、速水さんがそれを笑い飛ばした。

「別に、料理なんてやりたい人がやればいいじゃん。浚は好きでやってるんだし、だりあちゃんは楽が出来てラッキー♪　って思ってればいいんだよ」

「……」

総師や速水さんのような人を見ていると、『普通』とか『人はこう思うだろう』とか、いちいち気にしてしまう自分が馬鹿らしくなってくる。けれど、果たして自分がそれを気にしない人間になれるかどうか、根本的にこの人たちとは性分が違うから、難しいとも思う――。

4

精霊探偵社に新たな事件が持ち込まれたのは、それから数日後の午後だった。

総師と浚さんが外出中、また速水さんとふたりで留守番をしている時、欅署の刑事・南《みな》風英介《かぜえいすけ》さんから事務所の方に電話があった。

『おう、だりあちゃん。今、総《そう》ちゃんいるかい？』

「総師は外出中です。おやつの時間までには帰るとのことでしたけど」

『ふぅん、じゃあもうすぐ帰ってくるかね。ちょっと相談があるんだよ。とりあえず今からそっち行くわ』

それからしばらくして南風さんが探偵社にやって来たけれど、今日はコンビの北山紗緒《きたやまさお》さんが一緒ではなかった。

「ああ、あいつは別件の報告書作成があるからって署に残ったんだ。まあ基本的に、あいつはこの探偵社には来たがらないからな、いつものことよ」

「それって、精霊が怖いから――ですか？」

前の事件の時も、北山さんは精霊の存在に怯《おび》えている様子だった。でも、別に『精霊探偵社』という名前だからといって精霊がうようよしているわけじゃなくて、万物に宿る精霊はどこにでもいるんだけどな――。

どこにでも居過ぎて私には迷惑な存在だけど、あんまり怖がられると、それはそれで精霊の肩を持ちたくなってしまう。精霊はオバケとは違うのに。

私が少し眉根《まゆね》を寄せていると、南風さんが言った。

「あいつはさ、ああ見えて学生時代から格闘技一本で来た女なんだよな。相手を摑《つか》まえて投げ飛ばせれば、倒せる。でも普通の人間に精霊は見えないし、触れないだろ。まともに闘えないから、苦手なんだってさ」

「……別に、精霊を倒せるか倒せないかで考えなくても……」

才女風の見かけの北山紗緒さん、意外に武闘派な人だった……。

「ま、まあとにかく、総師が帰るまで少しお待ちください」

私は南風さんにソファを勧めてから、「すみません」と謝った。

「今、浚さんがいないので、インスタントのお茶しか出せませんが――コーヒーと紅茶、どっちがいいですか？」

不在時にキッチンを勝手に触ると、浚さんに怒られるのだ（ちょっと食器の位置が動いていたりするだけでわかるらしい）。なので、留守番中は応接間に置かれたポットのお湯でティーバッグの飲み物しか出せない。

「ああ、うんうん、いいよ。慣れてるから。じゃあコーヒーで」

南風さんも事情は承知のようで、軽く頷《うなず》く。速水さんが「僕の分もー」と言うのでふたり分のコーヒーを出して私もまた座ると、南風さんがコーヒーを啜《すす》りながら言った。

「そういえば清《せい》ちゃんから聞いたけど、だりあちゃん、さーちゃんからいびられてるんだって？」

さ、ー、ち、ゃ、ん、って浚さん？　この人は誰でもちゃん付けで呼ぶのが癖《くせ》なんだろうか。

「いびられてるというか……」

私は苦笑いした。

「まあ、ちょっと掃除《そうじ》の仕方が雑だったり、掃除機のかけ残しがあったりすると、意地悪なお姑《しゅうとめ》さんみたいな厭味《いやみ》の言い方しますけど。ほんとにいるんですね、指で窓枠《まどわく》をスーッとやって、埃《ほこり》を見つけると、『これは何!?』って言う人」

「はっはっは！　ステレオタイプのお姑さんだなあ」

南風さんが大笑いする。

「でも、ごはんやおやつはとっても美味《おい》しいんですよね。とても私には作れないようなものばかりだし、ちゃんと総帥と分け隔《へだ》てなく私にも出してくれるんですけど」

ただ、浚さんの料理は確かに美味しいけれど、ナントカのヴェネツィア風とか、ギリシャ風ナントカとか、お洒落《しゃれ》な料理が多くて、たまにはジャンクフードも食べたくなってしまう。

「昨日、近くのコンビニでカップ麺を買ってきたら、総師が興味津々《しんしん》で。そういうもの、食べたことがないんだそうで。あんまり食べたがるものだから、仕方がないので分けてあげようとしているところへ、浚さんが現れて――」

「あちゃー」

南風さんが額に手を遣《や》る。

「総師に何たるものを与えるのか、この慮外者《りょがいもの》！　――ってもう大目玉ですよ」

そもそも、浚さんの私を見る目は基本的に、『大事な息子をたぶらかす悪い女』を見る母親の目、という感じなのだ。だけど、その認識は間違っていると思う。いつ私が総師に色目を使ったというのか。いつもセクハラしてくるのは向こうなのに！

「総師だっていい齢《とし》をした大人なのに、その世話をああも甲斐甲斐《かいがい》しく焼くのってどうなんでしょう？　男同士でイチャイチャしてるようにしか見えないんですよね……。でも、私は男性の生態をよく知らないし、何が正しくて何が間違っているのか、確たることは言えませんけど……」

「いやいや、あのふたりが変なのは確かだよ。でも面白いからいいんじゃないの？」

南風さんの言葉に速水さんも頷く。

「うん、面白いからね」

そのポジティブさが羨《うらや》ましい。

「でも、なんだかんだでだりあちゃんが総師の傍にいることを許してるし、浚だってだりあちゃんの力をそれなりに認めてるんじゃないの？　姑根性でいびりながらもさ」

続けてそう言う速水さんに、私は首を傾《かし》げた。

「そんなこともないと思いますけど……」

フルートの精霊事件のあと、浚さんからこう釘を刺されたのだ。

「今回のことは、総師おひとりでも解決出来ました。畑から抜きたてで泥が付いたままの野菜を持ってくるか、泥を洗い落としてから持ってくるか、ちょっとした手間の違いだけです。別にあのまま精霊を引き込んでいても、総師のお力で浄化することは簡単でしたから。自分が特別役に立てたなどと思って自惚《うぬぼ》れないように」

要するに、総師は相手を褒めて伸ばすタイプで、浚さんはその逆なのだろう。ある意味、バランスの良いコンビと言えるけれど、出来ればふたりを足して割ったような、もっとマイルドな上司が欲しかった……。

ちなみに、精霊を浄化する能力は総帥の百八つある特技の内のひとつだそうである。

——と、先日の事件を思い出したところで、私は南風さんに聞きたいことがあったのも思い出した。

「あの、この間の東町《ひがしちょう》の事件、犯人、の、少、年、が捕まったってニュースで見ましたけど」

東町で置き石や通り魔などの事件を起こしていた犯人は精霊だった。けれどテレビや新聞では、未成年の少年が起こした悪戯《いたずら》事件として報道された。どういうことなのかと総帥に訊ねると、「警察がうまくやってくれたんだよ」と言うだけだった。

「ああ、つまりね、こういうことよ」

南風さんはコーヒーを啜りながら説明してくれた。

「事件の犯人が精霊では、逮捕することは出来ないだろ？　その場合、警察の上層部には正直に精霊案件として届け、対外的には、顔や名前を出さないで済む《少年A》として報道させる。真相を明らかにするより、犯人は捕まった、もう事件は起きない、と市民を安心させることが重要なのであって、精霊案件は大抵そうやって架空の《少年A》にご登場願うんだなあ」

「架空の少年A……」

人間の社会で事件になってしまった以上、そうやって人間の常識の中で受け入れられる顚末《てんまつ》を用意して片づけるしかない――ということなのか。

「まあ事件によっては、犯人が実在しないんじゃ賠償《ばいしょう》問題が解決しないこともあるんで、総ちゃんが《少年A》の関係者のふりをして被害者にその辺の支払いをしたり、弁護士を立てるまで行かないような事件では、被害者が大金を拾うとか、懸賞で大きな物が当たるように、総ちゃんが裏で手を回して、何らかの弁償をしてるよ」

「懸賞!?　そんなことも出来るんですか!?」

私はびっくりして口をあんぐり開けてしまった。

「うん、今回の東町の悪戯事件で被害があった家や人には、そっちのパターンで進めてるだろうな」

「もう、警察も報道も懸賞も信じない……！」

頭を抱える私に、南風さんはちょうどスマホに何やらメッセージが届いたようでそれを確認しながら言う。

「精霊の暴走は、突風とか大雨とか雷とか自然現象の形で現れることも多い。その場合は、犯人を捕まえるとかいう話じゃないから、ある意味、始末が楽なんだけどねぇ。でもそういう被害があった地域には、総ちゃんが匿名《とくめい》で寄付金を送ったりしてるみたいだよ」

「……総師って、見えないところでいろいろやってるんですね。なんかムカつくくらい、全部お金で解決してる気はしますけど」

仕事だと言って外へ出かけることが多いのも、そういったあれこれの根回しをしているんだろうか。

「おぅ、ああ見えて働き者だよ、総ちゃんは。自分が悪いわけでもないのに、精霊が起こした被害の弁償を全部被《かぶ》ってるんだから、なかなか出来ることじゃないよ」

総帥を褒めたあと、「その点、俺は駄目だね」と南風さんは眠そうな目で言う。

「俺はねぇ、働きたくないのよ。本当にね、心の底からね」

――ダメな大人だ！　ここにダメな大人がいる！

思わず冷ややかな視線を送る私を意に介さず、南風さんは続ける。

「働きたくないけど、一応働いてるようには見せておきたいんだよなぁ。そこそこ手柄も欲しいし」

いい大人が虫の好過ぎることを言っている！

私が呆《あき》れていると、速水さんが耳元にささやいてきた。

（あの人、ああ見えて、警察のお偉いさんの一族なんだよ。精霊絡みの事件をいろいろうまく融通《ゆうずう》してくれるから、総帥としても助かってるんだよね）

……それって、総帥が片づけた事件を自分の手柄にしてるってこと？　ずっと前から？

私はふと思いついて、南風さんに訊ねた。

「南風さんは、総師とはお付き合いが長いんですか？」

「まあ、それなりにね」

「じゃあ——総師がどうしていつも赤い色ばかり身に着けてるのか、理由を知ってます？真っ赤なスーツとか、舞台衣装レベルだと思うんですけど」

「へっ」

南風さんは素《す》っ頓狂《とんきょう》な声を上げたあと、速水さんと顔を見合わせてから答えた。

「そりゃあ——そういうのが好きだから、じゃないの？」

「……」

やっぱりそういう返答ですか。

総師のことは浚さんに訊くのが一番確実だとは思うけれど、一番訊きにくい相手でもある。総師の趣味のどこに文句があるのか、と睨《にら》まれるだけで終わるのが目に見えているから、訊ねる気にもならない。もう、総師はそういう人なんだということで納得しておくしかないのかな——。

と、そこへ、速水さんのスマホが鳴った。

「あー、ちょっと上の画廊《がろう》に絵の買い手が来たらしい。じゃあ僕はこれで」

速水さんが出てゆくのとすれ違うように、総師が帰ってきた。その後ろには、浚さんの他に見知らぬスーツ姿の青年（イケメン）がいる。速水さんが初登場した時と同じパターンだ、と私が反射的に警戒すると、南風さんがその青年を見て明るい声を上げた。

「おー、将《しょう》ちゃん。ちょうどいいタイミングで来たな」

5

総師が玄関前で鉢合《はちあ》わせて連れてきたという青年は、葉山将馬《はやましょうま》（二十四歳）。スポーツマン風の爽《さわ》やかイケメンである。差し出された名刺によると、欅区にある玩具《おもちゃ》会社の企画部に勤務。南風さんの奥さんの従弟《いとこ》で、今回精霊探偵社に相談があるのは彼なのだという。つまり南風さんは、ここへ葉山さんも呼んでいて、彼と総師の両方が来るのを待っていたというわけだった。

「会社を抜け出してきたのか？」

南風さんの問いに葉山さんは頭《かぶり》を振って答える。

「ちゃんと早退届を出してきました。大丈夫です」

「そりゃよかった。おまえさんが来られないようなら、俺が全部説明しなきゃならんなー面倒だなーと思ってたとこだよ」

浚さんが人数分のお茶を淹《い》れ、電話番の私も隅っこで相談内容を聞かせてもらうことになった。こうやって、畏《かしこ》まって応接間で相談を受けるのは初めてである。

葉山さんは、向かいに座る総帥の赤いスーツを突っ込むこともなく（懐《ふところ》の深い人だ！）、「よろしくお願いします」と丁寧《ていねい》に頭を下げ、まず松下穂乃実《まつしたほのみ》という女性の説明から話を始めた。

「穂乃実とは、家が隣同士の同級生で、幼なじみなんです。穂乃実は子供の頃から身体《からだ》が弱くて、学校を休みがちでした。同じクラスの時は、休んだ日の配布物とかを僕が家に持って行ったりしていたんですが、クラスが分かれてしまった時は、その係を押しつけられた同級生が面倒臭《めんどうくさ》がって、穂乃実のことを苛《いじ》めたりしているようでした。それを知って、僕も出来るだけ穂乃実を救けるようにしていたんですが、初めのうちは男子に苛められがちだったのが、だんだん女子の苛めの標的になり始めて、僕も女子相手に腕力に訴えることも出来ないし、でも穂乃実を放ってはおけないしで、まあ小学校から中学に上がるくらいまで、いろいろあったんですが――」

――それ、女子の苛めの原因はあなたなのでは……？

精悍《せいかん》に整った葉山さんの横顔を見ながら、私はそう思った。

私自身は同級生に男子がいたことはないけれど、少女漫画とかでよく見る構図だ。人気のある男子に優しくされたヒロインが、他の女子に嫌われるパターン。この人、優しくていい人なんだろうけど、女子感情に今ひとつ鈍感な、罪作りイケメンと見た。

「僕は、中一の途中で親の転勤に付いて引っ越すことになって、それからいろいろな土地を転々としたんですが、子供の頃から玩具が好きで、将来は故郷の玩具会社で働くのが夢だったんです。その夢を叶えて第一希望の会社に受かって、一年半前にこの土地へ戻って来ました。そして半年前、同じ会社の事務に、派遣社員として穂乃実がやって来たんです──」

なんだか、ドラマみたいな展開になってきた……？　私はドキドキしながら話の続きを聞いた。

「大人になっても穂乃実の病弱は変わっていないようで、会社も休みがちでした。そんな穂乃実と再会して、懐かしかったし、ああ、俺は子供の頃から穂乃実が好きだったんだな──と初恋に今さら気づいたというか、それで、ストレートに穂乃実に交際を申し込んだんですが、好きな人がいるからと断られてしまいました。でも、穂乃実の家族の話では、穂乃実に恋人なんていないと言うんです。そこを本人に問い詰めると、穂乃実は奇妙なことを言い出しました。

会わせることは出来ないけれど、結婚を前提に付き合っている男がいる、と穂乃実は言うんです。親も知らない、誰にも会わせられない結婚相手なんて、おかしいでしょう。到底納得出来なかったし、なんというか、穂乃実のご両親は僕のことを気に入ってくれていて、その協力も得て、強引に彼女を遊びに連れ出したりするようになりました」

告白もストレートなら、デートの誘い方も相手の両親を味方に付けての強引策。押しの強いイケメンだ、この人。

私が感心していると、葉山さんはティーカップに口を付けて少し間を置いてから続けた。

「――それからしばらくして、僕の身に不穏な出来事が続くようになったんです。道路や駅のホームで誰かに背中を押されたり、外を歩いていると上から物が落ちてきたり、まるでドラマみたいな、絵に描いたような生命《いのち》の狙われ方というか――。でも、人から恨みを買う覚えなんてないですし、犯人に見当が付きません。

そして、僕に起きている問題とは別に、穂乃実の周囲でも不思議なことが起きているのを知ったんです。これは、同窓会や会社の飲み会とかで話を聞いてわかったことなんですが――かつて穂乃実を苛めていた同級生や、休みがちの穂乃実のせいで仕事を押しつけられて彼女を煙たがっている同僚たちが、最近相次いで、家や街中《まちなか》で突然失神するという経験をしているらしいんです。救急車で運ばれた人もいて、でも検査をしても特に悪いところはなく、単なる過労という診断に落ち着いたんだそうで――」

幼なじみの恋物語から、何やら物騒な展開になってきた。

私は別の意味でドキドキしてきて、総帥の方を見た。総帥は至って平静で、葉山さんに話の続きを促している。

「僕が狙われている件も、原因不明の失神事件も、穂乃実自身が何かをしているとは思えませんが、穂乃実を中心にして起きていることは確かだと考えた時――ふと、子供の頃に彼女が言っていたことを思い出したんです。

学校を休んで家にいることが多かった穂乃実は、庭の金木犀《きんもくせい》の木と喋《しゃべ》れるのだと嬉しそうに話していました。それは少年の姿をした金木犀の精で、大きくなったら彼と結婚するのだと。病弱な少女の可愛《かわい》らしい空想話だと思ったし、だんだん彼女自身、そのことを言わなくなったので忘れていましたが、今になってそのことがとても気に懸かるんです。

穂乃実が言っていた『誰にも会わせられない結婚相手』とは、もしかして穂乃実だけに見える金木犀の精のことなんじゃないか、って。穂乃実の精神状態が心配になるのと同時に、もしもそんな超自然的な存在がいるのだとしたら、そいつは穂乃実に纏《まと》わりつく僕を邪魔に思うだろうし、穂乃実を苛めたり煙たがる連中を懲らしめたいと考えるかもしれない――って。それで、居ても立っても居られなくなって、穂乃実に直接、金木犀の精のことを訊ねてみたんです」

　本当にどこまでもストレートな人だ……！　と私は重ねて感心してしまった。訊きたくても訊けない様々なことを抱えている私からすれば、羨《うらや》ましいほど直情径行《ちょくじょうけいこう》の人である。

「けれど穂乃実は、金木犀の精なんて、子供の頃の空想だと言って笑い飛ばしました。本当にそうなんだろうか？　僕は、自分の身に起きていることや、彼女の周囲で起きていることを話してみました。すると、それらのことを初めて知った穂乃実はショックを受けて倒れてしまい、それ以来仕事はずっと休んだまま、僕ともまったく会ってくれなくなってしまいました。もちろん、メールも電話もシャットアウトです」

　葉山さんは悲しそうに肩を落とす。

「それからも僕の身には相変わらず物騒なことが続いているし、いっそ警察に被害届を出した方がいいのか、金木犀の精が何かしているなんて思い過ごしで、犯人は普通に人間かもしれないし――と悩んだ末、直接警察へ行く前に、従姉《いとこ》の旦那《だんな》さんである英介さんに相談してみたんです。そうして、この精霊探偵社を紹介されました」

　持っていたビジネスバッグを開けた葉山さんは、「これ、何か参考になれば――」と言って中から紙束を取り出した。

「最近、この欅区内で突然失神を起こした人間のリストです。穂乃実の前の派遣先の同僚も調べられる限り調べてあります」

テーブルの上に広げられたリストを見ると、それぞれの倒れた日時や場所、搬入先の病院、穂乃実さんとの関係が細かく書き込まれている。正直、刑事の南風さんより働くなあ、この人……。

ちらりと南風さんの方を見ると、「おー、刑事顔負けの仕事するなあ、将ちゃん」と素直に感心している。駄目だこの人、悔《くや》しがってないもん。

そんな南風さんの傍《かたわ》らで、葉山さんは真剣な表情で総師に訊ねた。

「あの、改めてお伺《うかが》いするのですが、精霊というものは実在する――んでしょうか？」

ずっと黙って話を聞いていた総師が、初めて口を開いた。

「精霊は万物に宿る存在。人には見えないだけで、どこにでも存在しますよ」

「――では、穂乃実が言っている金木犀の精も……？」

「一連の事件の犯人が精霊かどうかは、調査してみなければわかりませんが、当然、穂乃実さんの家の金木犀にも精霊は宿っていますよ」

「あの……精霊というのはどういうもので……その、性別とかはあるんでしょうか？」

精霊の存在を疑うというより、その存在や生態について詳しく知りたい、という様子で葉山さんは身を乗り出す。

「精霊に性別――あると言えばあるし、ないと言えばないですねぇ」

総帥は曖昧《あいまい》な言い方をしてから続ける。

「精霊が人の姿を取る時、男性の姿と女性の姿、どちらになるのかの理屈を知りたい――ということでしょうか？」

その問いに葉山さんは頷《うなず》く。

「基本的に精霊は、ただ物に宿っているだけで、性別などあってもなくても関係のない存在です。ただ、そんな精霊が、人の姿を取って人間と関わろうとする時、男か女か、大人か子供か、わかりやすくしないと相手に混乱を来《きた》されるので、そこで初めて外見上の性別や年齢を選択する必要が生まれます」

「はい」

葉山さんは授業中の学生みたいに真面目《まじめ》な顔で総帥の説明を聞いている。

「たとえば植物に宿る精霊の場合、その植物自体に性別があればそれに倣《なら》うのが簡単ですし、雌雄同株《しゆうどうしゆ》の場合は好きな方を取りますね。元々性別のない器物や自然物に宿る精霊も、自分の趣味で外見を選んだり、相手に出来るだけ警戒されない姿を取ったりします。小さな子供に大切にされている物に宿った精霊の場合、遊び相手をするために同じ年頃の子供の姿を取ることもあれば、その子を保護するために大人の姿になることもある。

植物にせよ、それ以外の自然物や人工物にせよ、本質は人の姿自体にはないので、状況に応じて好きに外見を変えることが出来ます。問題は、その精霊が人の姿を取るだけの力を持っているかどうか、です。長い寿命《じゅみょう》を経たとか、強い想いを懸けられたりして、よほどの精気を溜め込むところまでいかなければ、精霊が人の姿を取ることなど出来ませんから。逆に言えば、その力を手に入れてさえしまえば、どんな姿を取るかは本人の自由自在です」

総帥の話を聞いて、私と葉山さんは同時に同じ行動に出た。スマホを取り出し、ネットで金木犀について調べたのだ。

金木犀。中国原産の植物で、数百年の寿命を持つ個体もある。雌雄異株《いしゅ》だが、江戸時代に日本へ持ち込まれたのは花付きの良い雄株《おかぶ》ばかり。それを挿し木で増やしていったため、日本で見られる金木犀はほぼ雄株のみ――。

「穂乃実の家の金木犀は、結構古い木だと聞いた覚えがあります。じゃあ、長生きをして強い力を持った金木犀の雄株の精霊が、初めは穂乃実の遊び相手として少年の姿で現れて、そのまま穂乃実と一緒に成長してゆくような形で大人になり、ついには恋愛対象になった――という展開も考えられる、ということですか」

「ない展開ではないですね」

葉山さんの問いに、総帥は明言を避けるように答える。

「もし、その確認が取れたら——もし本当に金木犀の精霊が穂乃実の周りで悪さをしているとわかったら、そいつを捕まえてもらえますか？」

「——ええ、その際には、解決に全力を尽くさせていただきますよ」

総帥の返事に葉山さんが少しほっとした顔を見せた時、南風さんのポケットでスマホが震え出した。

「あっ——はい、はい！　今すぐ！　直行します！」

いつも眠そうな南風さんが直立不動の姿勢を取り、テキパキした口調で電話の相手に答えたかと思うと、「じゃっ、後はよろしくな！」と総帥におどけた敬礼をして、探偵社を飛び出して行った。それを呆然《ぼうぜん》と見送って、

「……何か大事件でしょうか？」

私が首を傾《かし》げると、総帥が頭《かぶり》を振った。

「仕事の電話で、あのミナさんがあんな態度にはならないよ。あれは駒子《こまこ》さんだろうな」

葉山さんも頷いた。

「英介さんは、駒子姉さんにからっきし弱いから——」

どうやら駒子さんというのは葉山さんの従姉、つまり南風さんの奥さんのようだ。勤務

時間内に奥さんから呼び出されて直行するって、どこまで仕事をやる気がないのか、あるいはとてつもない恐妻家なのか――。私は憮然《ぶぜん》として、南風さんが出て行った扉を再び見《み》遣《や》った。

6

南風さんから後をよろしくお願いされた私たちは、ひとまず南町《みなみちょう》にある穂乃実さんの家を訪ねてみることにした。

けれど葉山さんが門のインターホンに向かってどれだけ粘っても、申し訳なさそうなお母さんの声が聞こえるだけで、穂乃実さんは出てきてくれなかった。具合が悪くて会えない、ということらしい。いつもこのパターンで追い返されるのだと葉山さんが言った。

フェンス越しに庭を見れば、庭木をたくさん植えている家で、その中に大きな金木犀があるのもすぐわかった。秋の開花に向けて花芽の付いた金木犀は、見たところ至って普通の木だった。ただしよく見ると、その木が空《から》っぽであることがわかった。総帥に繋《つな》がれている手を離してどんなに目を凝《こ》らしても、精霊が見えないのだ。

「金木犀の精霊は、本体から抜け出しているようだね――」

　総帥もそうつぶやいて、私を見た。

「じゃあだりあちゃん、そこの百日紅《さるすべり》の精霊にちょっと話しかけてもらえるかい？　金木犀の精霊について、何か知っていることがあるか訊いてみよう」

　背の低い門扉《もんぴ》の近くには、これまた大きな百日紅の木が白い花をたくさん咲かせている。宿っている精霊も優しい生成《きな》り色に見え、落ち着いた状態であることが窺《うかが》える。

　精霊から話しかけられることはあっても、こちらから話しかけるのには慣れていない私は、おっかなびっくり百日紅に声をかけてみた。

「あの――百日紅さん、百日紅さん、聞こえますか？　少しお話し出来ますか？」

　葉山さんが曰《いわ》く言い難い表情で私を見ているのがわかる。それはそうだろう。普通に考えて、植物に会話を求めるなんて正気とは思えない行為だ。これで百日紅の精霊が返事をしてくれなかったら、恥ずかしい茶番で終わってしまう。

　けれど、苦笑する私の耳に、すぐ百日紅の声が聞こえてきた。

『聞こえてるよ。どうしたの？』

　紅葉川夫人のように人の姿をした精霊が喋《しゃべ》っているのではなく、ただ声だけが聞こえる。やっぱり、それなりに力のある精霊でないと、人の姿を取って見せることは出来ないのだろう。明確な姿を取っていない分、声も年齢性別不明な感じだった。

「そこに植えられている、金木犀の精霊について教えて欲しいんですが――」

『ああ、彼？　最近、しょっちゅう本体を抜け出してどこかへ行ってるみたい』

「行き先はわかりますか？」

『さあ――。彼、この家の娘の穂乃実ちゃんをすっごく大切にしてて、自分がずっとあの子を守るんだって言ってたくせに、最近はあの子の傍から離れてることが多くて、何考えてるやら。ていうか、いつの間に本体を抜け出して遠出するような力を手に入れてたのか――この庭の木の中では一番の古株だし、やっぱり年の功《こう》なのかなあ』

百日紅の精霊は思ったよりお喋りで、私が訊ねるまでもなく穂乃実さんやその家族のことをいろいろ教えてくれた。それは葉山さんから聞いているのとほとんど同じ内容だったけれど、加えて、葉山さんが追い返されるようになったここ数日の穂乃実さんの様子を聞けたのは収穫だった。

『穂乃実ちゃん、具合が悪いのは本当だよ。あそこの南向きの窓があの子の部屋だけど、カーテンをずっと閉めっぱなし。調子がいい時は、あそこから顔を出して、庭の木に声をかけてくれるんだよ。最近はそれがないから、ずっと寝込んでるんじゃないかな。かわいそうにね』

そんな百日紅の精霊の話を葉山さんに伝えると、

「じゃあ、別に俺を追い返すための仮病というわけじゃなかったんだ……」

ほっとしたような、でもそれはそれで心配そうな、複雑な表情を見せたあと、感心顔で私を見る。

「君は、本当に精霊と話が出来るんだね……。そんなことが現実にあるなら、穂乃実がいつも金木犀の精と遊んでいたと言ったのも、本当に本当だったんだな……」

しみじみとした口調でそう言われて、私は思わず絶句してしまった。

——この人、いい人だ。

木と会話する私を変な目で見ない。それだけで嬉しかった。現金な話だけれど、自分に出来ることがあるなら、役に立ってあげたいと思った。

私は勢い込んで総帥を見上げた。

「前みたいに、精霊界側から金木犀の精霊を捜した方が早いでしょうか？」

けれど総帥はゆっくり頭《かぶり》を振った。

「まだこの金木犀の精霊が本当に悪さをしていると決まったわけじゃないし、本体の木も生きている。精霊が本体を抜け出すこと自体は罪じゃないし、そんな指名手配犯みたいな捜し方をする段階じゃないよ。失神事件の方も、また発生したらミナさんから逐一《ちくいち》情報をもらえるようにするから、もう少し様子を見よう」

「でも――」

私と葉山さんは共にもどかしい気持ちで顔を見合わせた。

「もちろん将馬さん、あなたも十分、身辺に気をつけて。何かあったらすぐにご連絡ください。では、今日の調査はここまでとしましょう」

総師の妙に貫禄《かんろく》のある物言いに、葉山さんは気圧《けお》されたように反論を封じられ、「――はい」と小さく答えた。

齢《とし》はたぶん総師も葉山さんもそんなに変わらないと思うけれど、尋常《じんじょう》でない服装のせいなのか彫刻みたいな貌《かお》のせいなのか、総師の方が迫力で数段優っている。ということは当然、ただの小娘である私にだって逆らう余地はなかった。

私が大きくため息をついた時、総師がぎゅっと手を握ってきた。そして百日紅の木に話しかける。

「君に、頼みごとをしてもいいかな？　あの金木犀の木に何かあったり、精霊が戻って来たりしたら、精霊探偵社のホットラインに連絡して欲しいんだ」

『あんたたち、精霊探偵社の人だったんだね。ＯＫ、何かあったら連絡するよ。精霊ホットラインって一度かけてみたかったんだ』

百日紅の精霊は、総師の依頼を明るく引き受けてくれた。精霊に精霊を見張らせるなんて、人間が見張るより、遥《はる》かに効率的で確実な張り込みである。

というか、総帥ってば、自分で話しかけられるなら、さっきもわざわざ私に声をかけさせなくてもよかったのに——。と睨《にら》みかけたものの、

「精霊探偵社って、人間相手の探偵とはやることが違うな……」

また葉山さんが感心したようにつぶやくのを聞いて、気がついてしまった。さっきのは、なぜか総帥と手を繫いで一緒に付いてきた電話番バイトの女の子が、ちゃんと精霊探偵社の人間として仕事が出来ることを、葉山さんの前で見せようとしてくれた——？

文句を言うに言えなくなって、私は口をもごもごさせながら浚さんの運転する車に戻った。途中の駅前で葉山さんを降ろし、探偵社へ帰る道、ふと思い立ってネットで百日紅のことを調べてみた。

雌雄同株で、花言葉は『雄弁』。なるほど——。個体の差もあるとは思うけど、よく喋ってくれるフレンドリーな精霊で助かった。

ついでに金木犀の花言葉も調べてみると、『初恋』、『真実の愛』などと出てきた。なんだか意味深である。もちろん、花言葉なんて人間が勝手に付けたものだし、個体ごとに宿る精霊の性格とは関係ないんだろうけど……。

その後、南風さんからは三日の間に二件、突然街中で起きた失神事件の報告があった。ひとりは穂乃実さんの小学校の時の同級生、もうひとりは中学校の同級生だった。これはやっぱり、葉山さんの推理が当たっているのでは――？

私がそう思っているところへ、精霊ホットラインの電話が鳴った。松下家の百日紅の精霊からだった。

『大変だよ、金木犀が枯れちゃった！　急に葉が萎《しお》れ始めたと思ったら、あっという間に全体が枯れ木になっちゃった！』

「えぇっ？　じゃあ、あの、金木犀の精霊は？」

『わからない。本体には戻ってなかったみたいだから、帰るところがなくなって、どこかで迷子になってるのかも……』

慌てて総師にこのことを伝え、松下家へ駆けつけようと探偵社を飛び出しかけた時、応接間でまた精霊ホットラインがけたたましく鳴った。百日紅の精霊から何か続報かと、私は急いで玄関から応接間に駆け戻って電話を取った。

「はい、精霊探偵社《So Sweet》です！　まだ他に何か起きましたか!?」

ついい、相手を百日紅の精霊だと思い込んで訊ねてしまい、

『えっ？　あの……？』

戸惑ったような声を返されて、我に返る。百日紅の精霊じゃない。この声は——

『あの、都庁のタケオですが——』

「すっ、すみません、ちょっと立て込んでいて、失礼しました！　総帥に御用ですか？　今、替わります——」

私はいつもタケオさんを電話口で戸惑わせてしまうな——どういう巡り合わせなんだろうと苦笑しながら、総帥を呼んで受話器を渡した。

ソファに座ってタケオさんの話をしばらく黙って聞いていた総帥は、最後に「わかったよ」と言って通話を終えた。もちろん、受話器はテーブルの上。浚さんはもう外へ車を出しに行っているので、私が仕方なく受話器を戻す。

「タケオさん、何の話だったんですか？」

早く穂乃実さんの家へ駆けつけたくて心急《こころせ》きながらも、都庁からの依頼も大事件だったりしたら困るなと思って訊ねると、総帥は悪戯《いたずら》っぽく笑って答えた。

「とてもタイムリーな話だったよ」

「え？」

「つい先ほど、都庁の精霊台帳に、不自然な生の終え方をした金木犀の情報が書き込まれたんだそうだ」

「えっ」

「その金木犀は、どこからか膨大《ぼうだい》な精気を取り入れ、そのせいで変調を来して枯れてしまったらしい。精霊は一緒に消滅してはいない。行方《ゆくえ》のわからなくなった精霊を保護して欲しいとのことだよ」

「それって——穂乃実さん家《ち》の金木犀のことですよね!?」

ということは、どちらにせよ現場は松下家だ。心おきなく事件に当たれるということで、今度こそ私たちは探偵社を出て南町の松下家へ向かった。

つい数日前まで、普通に花芽の付いていた大きな金木犀の木は、確かに見る影もなく枯れてしまっていた。そして、その木の傍にはひとりの若い女性がいた。

門の前にいる私たちに気づいて振り返ったその人は、色白で儚《はかな》げな顔立ち、ほっそりとした身体《からだ》つきに長い髪をバレッタでひとつにまとめている——穂乃実さんだ。会うのは初めてだけれど、葉山さんから写真を見せてもらっているからわかる。

「松下穂乃実さんですね？」

低い門扉《もんぴ》越しに、総帥が穂乃実さんへ声をかけると、穂乃実さんは怪訝《けげん》そうにこちらを見た。無理もないと思う。例によって、赤いスーツ（銀《ぎん》刺繍《ししゅう》入り）の青年と手を繋《つな》いだ少女、エリートビジネスマン風の青年という繋がりの見えない三人組に突然押し掛けられて、怪訝以外の反応を見せる人がいたら逆にお目にかかってみたい。

「僕たちは精霊探偵社の者です。少しお話を伺《うかが》えますか？」

総帥が飽くまでにこやかに話しかけるのとは対照的に、穂乃実さんは顔を強張《こわば》らせ、さっと身を翻《ひるがえ》して家の中へ駆け込んでしまった。その後ろ姿に、総帥が声を投げる。

「何か困ったことがありましたら、いつでもご連絡を！」

そう言ってポストに名刺を入れ、改めて百日紅《さるすべり》の精霊に詳しい事情を聞いてみることにした。けれど、目の前で突然金木犀の木が枯れ始めたこと以外、何もわからないという。念のために他の庭木の精霊に訊ねてみても、やはり古株の金木犀に何が起きたのかを知っている精霊はいなかった。

探偵社へ戻ってから、総帥は電話で葉山さんに松下家の金木犀が枯れたことを報告した。そして、葉山さんの方にも何か異変は起きていないか確認すると、ここ数日は平穏なものだという。

「そうですか――。相手が精霊にせよ人間にせよ、まだ犯人は確定出来ない状態ですから、くれぐれも身辺の注意は怠《おこた》らないようにしてください」

総帥は葉山さんにそう言って電話を切ったけれど、その夜、ちょうど夕食後のデザートを食べている頃、今度は葉山さんの方から探偵社に連絡があった。

庭の金木犀が枯れたことを聞いて、仕事帰りに穂乃実さんを慰めに行ったものの、やはり会ってもらえなかったのだという。これからどうなるのか、自分はどうすればいいのかとしつこく喰い下がってくる葉山さんの声が、総師の持つ受話器から私の耳にも漏《も》れ聞こえてきた。

「本体を失った精霊というのはイレギュラーな状態なので、我々が行方を追います。あなたは何もしなくて結構です。もしもまた何者かに狙われているような気配があった時は、教えてください」

また妙な貫禄《かんろく》で葉山さんを押し切って通話を終えた総師に、今度は私が喰ってかかった。

「普段は精霊と本体の消滅に時間差があってもしばらく様子を見る都庁が、異例の速さで保護の依頼をしてきたということは、金木犀の精霊はすでに普通の状態じゃないってことですよね？　一刻を争う事態ということですよね？　葉山さんは普通の人だから巻き込まないのはいいとして、早く精霊を捜し出さないと！　明日から、指名手配レベルの捜索を開始しましょう！」

事件の真相をはっきりさせたい気持ちと、迷子の精霊を早く保護したい気持ち、葉山さんの悩みを早く解決してあげたい気持ち、仕事をたくさんこなして早く精霊に慣れたい気持ち――いろいろな思いと焦りが絡まって興奮する私を、総師は宥《なだ》めるように目尻を下げた顔で見た。

「もちろん、早く保護出来るに越したことはないけれどね。今回はちょっと難しいというか、手間がかかるかもしれないな――」

7

珍しく弱気な総帥の言葉を証明するように、翌日から欅区内では、駅やイベント会場に集まった人々が集団で失神するという不思議な事件が起き始め、新聞やテレビでも連日報道されるようになった。

初めはテロが疑われたりもしたけれど、事件現場からは人の気を失わせるようなガスなどの化学物質は検出されず、まったく原因不明の集団失神事件だった。私には、本体を失った金木犀の精霊が暴走を始めたとしか思えなかった。

ますます、早く精霊を見つけ出さなければと焦っているのは私だけではなく、ニュースを見た速水さんもこれは精霊案件かと心配してくるし（でも絵の仕事が入ったらしいので、そちらに専念するよう総帥に言われてちょっと拗《す》ねていた）、南風さんからも、精霊案件として上に報告してはあるが、出来るだけ大事《おおごと》にしないでくれと泣きの電話が毎日かかってくる。

当然、葉山さんからも繰り返し問い合わせが来ているけれど、精霊はまだ見つからないとしか答えられない。総帥に頼んで精霊界への扉を開いてもらい、そこから表の世界を透かし見ても、一向にそれらしい精霊が見つからないのだ。

「こんなにかくれんぼがうまいなんて、相当力の強い精霊なんでしょうか？　元々本体から抜け出しがちだったというし、紅葉川夫人とかよりも強いのかな――」

紅葉川夫人は二百年も生きた紅葉に宿る精霊で、人の姿を取ることも出来て、押しも迫力もあるし、精霊としての力は十分に強そうなのに、本体である紅葉の木からは離れられない。それなのに、穂乃実さん家《ち》の金木犀の精霊は本体を失う前からふらふら抜け出していたというのだから、かなりの強者《つわもの》？

私の疑問に総帥が答えた。

「本体を抜け出せるかどうかは、精気の強さだけじゃなくて、その精霊の性質に拠るところが大きいんだよ。紅葉川夫人は、本体の紅葉の木そのものに執着がある精霊だから、そこに縛《しば》られて動けないんだ。逆に松下家の金木犀の精霊は、本体以外のものに執着があるんだろうね。それのために、という意思の力で動くから、簡単に抜け出せるんだろう」

「本体以外のものへの執着って、つまり、穂乃実さん？　やっぱり、穂乃実さんのために、彼女を苛《いじ》めた相手に仕返しを始めたら、それがエスカレートして止まらなくなっちゃったとか――」

　このままにはしておけないという気持ちがまた高まり、私は精霊の捜索を再開した。そうして裏側の世界からの捜索数日目、毎日自然たっぷりの野山を歩き回るのにもそろそろ疲れ果ててきた頃、ずっと黙って私に付き合ってくれていた総師が言った。

「――あのね、だりあちゃん。今回のようなケースは、精霊界側から無理矢理引っ張り込む手は使えないよ」

「えっ――どうしてですか」

　何日も頑張っている私に、今さら言うことだろうか？　憮然《ぶぜん》として問い返した時、総師が欅《けやき》の丘（表側の世界では欅第一ビル）を見遣《みや》って耳を澄ませた。

「おや、探偵社にお客さんが来たみたいだ」

　私たちは急いで欅の丘まで戻り、総師が開いた扉から探偵社へ戻った。すると、そこで浚さんにお茶を出されて待っていたのは、穂乃実さんだった。

　白いワンピースの上に淡いミントグリーンのカーディガンを羽織《はお》った穂乃実さんは、消え入りそうなほど儚い雰囲気《ふんいき》で、葉山さんみたいな健康的な男の人に「守ってあげたい」

と思われるのは当然かもしれないと感じた。実際、年下の私から見ても何かしてあげたくなるような、か弱そうなお姉さんである。

穂乃実さんは、総師がポストに入れていった名刺を見てここへ来たのだと説明したあと、

「――あの……最近、この辺りで起きている事件について、関係があることかもしれないので……私の話を聞いていただけるでしょうか……」

と細い声で言った。総師が頷《うなず》いて「お伺いしましょう」と答えると、穂乃実さんは言葉を選ぶようにゆっくりと語り始めた。

「私は――子供の頃から身体が弱く、社会人になって派遣で働き始めてからも、ちょっと仕事に根を詰めれば熱を出し、風邪《かぜ》をひけばすぐこじらせて長引かせてしまう有様で……。私の上には活発な性質《たち》の姉がいますが、身体の弱い下の娘に両親は過保護で、決して無理をさせようとはせず、すぐに学校や仕事を休ませて、私を甘やかします。いつもそんな風なもので、学校でも会社でも同級生や同僚には迷惑をかけてばかりで――。

部屋で寝ていることの多かった私にとって、窓から見える金木犀は大切なお友達でした。その金木犀は、私が生まれた年に知り合いの家からもらってきて植えたという話で、その時点ですでに樹齢《じゅれい》は何十年にもなっていたそうです」

そこまで話してから、穂乃実さんは目線を何度も左右に揺らし、言いにくそうに続けた。

「……あれは、小学校低学年の頃——。風邪をこじらせて何日も学校を休んでいた時のことです……。退屈なベッドの中で絵本を読みながら独り言を言っていると、窓の外から誰かが声をかけてきました。——それが、金木犀の精でした。彼は私と同じ年頃の少年の姿を取り、半分透けた身体で窓をすり抜けて部屋に入ってきて、一緒に絵本を読んだりトランプをして遊んでくれたりしました」

穂乃実さんは、そこでまた言葉を切り、私たちの反応を確かめるような上目遣いの表情をした。木の精が見えるなんて変なことを言い出す奴だ、と思われないか心配なのだろう。

その気持ちはよくわかるので、私は大げさなほどうんうんと頷いて、「人懐こい精霊っていますよね」と口を挟んだ。私たちが穂乃実さんを変な目で見ていないことをわかって欲しかった。

「……あなたも、人に見えないものが見えるの……？」

私が大きく頷くと、穂乃実さんは少しだけほっとしたような顔になった。

「子供の頃はまだ、金木犀と話が出来ることを普通に周囲にも話していました。けれどだんだん、どうやらそれは変なことらしい、金木犀の精が見える、声が聞こえるなんて言ったら、どうかしている人間を見るような目で見られることに気がついて、人に話せなくなりました」

私は思わず目を閉じて、深く息を吐いた。

――ああ、私と一緒だ。

切ない気持ちになりながら、私は穂乃実さんが続ける話を聞いた。

「でも、人には話せないことでも、私にとって桂《けい》は大切な話し相手でした。――あ、彼は、『桂』と名乗って私の前に現れたのです。大きくなってから調べて知ったのですが、金木犀の別名は『丹桂《たんけい》』や『桂花《けいか》』で、そこから取ったのだと思います。

桂は、私と同じように齢《とし》を取って成長してゆき、いつでも優しく私の話を聞いてくれました。私の悩みに寄り添ってくれました。結局社会人になっても独り立ち出来ず、家族にも職場にも迷惑をかけるだけで、この先もこうやって家族の世話になり続けるしかないのか――そんな不安な心を、桂が慰めてくれました。自分がずっと傍にいる、と言ってくれました。

彼が人間でないことはわかっています。彼は金木犀の精霊。そんなものが見えて、そんなものと話が出来る私は、普通ではないのでしょう。どうせ普通ではないなら、彼と一緒に、ここではないどこかで暮らすのもいいのかもしれないと思いました。家族に迷惑をかけないどこかで、彼と一緒に――」

穂乃実さんは夢見るような表情で語る。

「桂は、私の想いが彼に力を与えるのだと言いました。私の彼に対する想いが強く深いほど、彼の精気も強まり、それが極まれば彼は、他の人にも見えるような生身の人間の身体を得ることが出来るのだと。

この土地は、昔から精霊の力が強い土地。困っている精霊の手助けをしてくれる何でも屋がいる。人の器《うつわ》さえ手に入れてしまえば、そこに頼んで、自分が人間として生きられる身分を用意してもらうことも出来るだろう。そうすれば、僕は穂乃実と家族になって、一生君を守って生きることが出来る――桂はそう言いました。

私はとにかく、彼を愛せばいいのだと。私の愛が、彼を人間に変えるのだと。私が彼を愛せば愛すほど、私たちは幸せになれるのだと――」

話しているうちに興奮してきたのか、穂乃実さんの白い頬《ほお》が紅潮していた。けれど私はその話を聞いて驚いていた。

――まさか、その精霊専門の何でも屋って、精霊探偵社のこと？

精霊に人の身分を用意するって、戸籍とか保険証とかを偽造してあげるってこと？　そんなダーティなこともやれちゃうの？

目を丸くして総帥の横顔を見つめてみても、総帥は何も言わずに穂乃実さんの話を聞いているだけだった。穂乃実さんは、興奮を抑えるように胸に手を置いて続ける。

「……私は、桂の話を信じて、その日を待っていました。ところが半年前、新しい職場へ行くと、その会社には幼なじみの将馬くんがいました。お隣の家の将馬くんには、小さい頃から苛められているのを救けてもらったり、親切にしてもらっていたんです。玩具《おもちゃ》が好きで、将来は玩具会社で働きたいと言っていたから、夢を叶えたんだなあと私も嬉しく思いました。

でも、その将馬くんから交際を申し込まれて――子供の頃から好きだったと言われて……びっくりしました。断ったら、理由を訊かれたので、好きな人がいると答えました。けれど将馬くんは、いつの間にやらうちの家族にリサーチしていて、本当は恋人なんていないんだろうと問い詰められました。私は、会わせることは出来ないけれど、結婚を約束した相手がいるのだと言い張りました。だからあなたとお付き合いは出来ないのだと」

穂乃実さんは困った顔で俯《うつむ》いた。

「……将馬くんは、子供の頃から眩《まぶ》しい人でした。元気で明るくて、みんなの人気者で、将来の夢があって、そのために頑張れる意欲と体力がある人。羨《うらや》ましい人だと思っていました。私は彼の元気さに付いていけなくて、遊びに誘ってくれても、迷惑をかけるだけだからと断っていました。それでもいつも声をかけてくれて、申し訳なかった。断る度《たび》、謝る度に、悲しくなるから、初めから声なんかかけてくれなくていいのに、と思いました。

……それに、将馬くんは女の子にも人気があったから、彼から変に優しくされると、女の子たちから私への風当たりが強くなる――そういう意味でも、正直迷惑でした。

――でも、中学に上がり、将馬くんが引っ越して、私にわざわざ声をかけてくれる友達なんてほとんどいなくなった時――。気楽になった半面、寂しさも襲ってきたんです。どうせ断るから声なんかかけてくれなくていいと思っていたくせに、誰からも顧《かえり》みられなくなると、やっぱり寂しい。その寂しさを、桂に埋めてもらっていました」

昔話をして少し潤んだ瞳を上げ、穂乃実さんは話を現在に戻した。

「交際の申し込みはお断りしたのに、将馬くんは諦めてくれませんでした。私に恋人がいるという話をまったく信じてくれていないようでした。それはもちろん、相手は私にしか見えない精霊なのだから、信じてもらうのは無理な話なのかもしれないですが――。

――まるで、子供の頃に戻ったようでした。将馬くんが明るい笑顔で、家へ遊びの誘いに来る。会社でも、気さくに声をかけてくる。本当に、小学生の頃と同じ――。彼に優しくされると、他の女子社員を敵に回す。また同じことが、大人になっても繰り返される。将馬くんは、優しいけれど、そういうことに気がつかない人なんです」

私は無意識に頷いていた。葉山さん視点からの話を聞いた時点でも、そこは心の中でツッコミを入れていたところだ。

「ただ、うちの家族を味方に付けて外堀を埋めるという周到な手を使ってきたりもして、妙な方向だけ成長していて――断り切れず、一緒に遊びに出かける羽目になったりもしました。……本当のことを言うと、将馬くんに強引に連れ回されるのが、厭《いや》ではない気持ちも少しはありました。こんな風にしてもらわなければ絶対に行かないような場所、見られなかっただろうもの、それらを将馬くんは私に見せてくれる。学校の遠足や修学旅行は、ほとんど大事を取って不参加だったから。家族以外と動物園や遊園地なんて行ったことがなかった。とても新鮮で、楽しかったけれど――すごく気疲れもしました。

家に帰って、桂の顔を見ると、ほっとする。やっぱり、桂と一緒にいるのが一番楽で、穏やかに過ごせるんです。将馬くんのような人とは、長く一緒にいるのは辛《つら》い。桂にもそう話しました。桂としても、私が他の男性と出かけるのは面白くないようだったので、私が好きなのは桂だけだとちゃんと言いました」

人間と精霊の三角関係……まさにファンタジー少女漫画みたいだ、と俗っぽいことを考えてしまい、私はひとりで勝手に苦笑した。

「すると桂は、穂乃実と一緒に暮らせるよう、早く生身の器を持たなきゃね、と言って、器の準備は少しずつ出来始めているのだと教えてくれました。最近は、社会勉強のために金木犀の木から抜け出して街をうろついて、いろいろ観察しているのだと。そのついでに、様々な物から少しずつ精気を分けてもらっている、と。確かに、最近の桂は、呼んでも金木犀の木にいないことが多かった……。

　桂は着々といろんな準備をしてくれている。彼との新しい生活が近づいているのだと、私は楽しみにしていました。そう、桂が完全な人の器を持てば、将馬くんに会わせて、自分にはちゃんと恋人がいることも証明出来る――。

　ところがそんなある日、会社が終わったあと、将馬くんが金木犀の精について訊ねてきたんです。今もそいつと話しているのか、と。子供の頃にちょっとの間言っていただけの話を、彼が覚えていたなんて驚きました。そんなのは、子供の頃の空想話だと笑って流そうとすると、将馬くんはとんでもないことを私に教えてくれました。

　最近、欅区内で原因不明の失神事件が連続していて、その被害者が私の元同級生や同僚ばかりだということ。そして将馬くん自身も、何者かに狙われているらしいというのです。それらは全部、私に取り憑《つ》いている金木犀の精がやっていることではないのか――と将馬くんは言いました」

　穂乃実さんは息苦しげに何度か浅い呼吸を繰り返してから続けた。

「倒れたという人たちの名前には、確かに覚えがありました。私に辛く当たった人たちばかりです。そういう出来事は、桂に全部聞いてもらっていました。学校や職場で苛《いじ》められたことなんて、家族には言えません。桂しか知らないはずの話でした。

──もしかして桂は、人間の器を早く手に入れるため、人の精気を吸っているの？　私を苛めた人たちへの仕返しも兼ねて？　差し障《さわ》りない程度に少しずつ、自然物から精気を分けてもらっているだけだと言っていたのに。本当は、失神させるほどたくさんの精気を人間から奪っていたの？　将馬くんの身を狙っているのは、私にしつこく纏《まと》わりつく男性だから？

その時はショックで、頭の中にいろんなことが渦巻《うずま》いて、貧血を起こして倒れてしまい、将馬くんが家まで送ってくれました。桂に話を聞きたかったけれど、金木犀に話しかけても返事がありませんでした。最近はほとんど、木に帰って来ないのです。

桂が帰って来ないまま、体調が悪くて仕事にも行けず、将馬くんがわざわざ来てくれても、落ち着いて話を出来るような状態ではなくて──そうこうするうち、突然、桂の金木犀が枯れてしまったのです。訳がわかりませんでした。例年通りに花芽も付いて、開花の準備をしていたのに。

──桂はどうなってしまったの？　木と一緒に桂も死んでしまったの？　不安でいっぱいになっている時、あなた方がいらっしゃいました」

穂乃実さんは改めて私たちの顔をじっと見た。その手には、総帥がポストに入れていった名刺が握られている。

「精霊探偵社――それってもしかして、桂が言っていた、精霊のために働いてくれるという何でも屋さん？　気になったけれど、桂がいない状態でどう対応すればいいのかがわからなくて、あの時は追い返してしまいました。ごめんなさい――。

けれど翌日から、欅区内で不思議な集団失神事件が起きていると報道され始めて――。全身が粟立《あわだ》ちました。まさか、桂の仕業《しわざ》？　桂は生きている？　でも、今までは私を苛めた人を標的にしていたのに、今は私とは関係ない人まで精気を吸われている？　本体の金木犀の木を失って、桂はどうかしてしまったのだろうか――」

穂乃実さんは両手で顔を覆《おお》う。

「――もう、どうしていいのかわからなくなって、困っている精霊の手助けをしてくれるところだというなら、桂を救けて欲しくて、こちらへ伺《うかが》ったんです」

顔を上げた穂乃実さんの頬は涙で濡れていた。

「桂が、私のために一線を越えてしまったなら。もうこれ以上彼を暴走させたくない、彼を止めたいんです――」

涙ながらに語る穂乃実さんに、私はかける言葉を失っていた。

精霊が見えることをだんだん人に話せなくなったり、ずっと自分の将来を悲観してきた穂乃実さんの悩みには、心から共感出来ると言う外《ほか》ない。けれどその一方で、精霊と愛し合い、今の生活を捨てて精霊と一緒に生きてゆこうとした穂乃実さんの決断は理解が難しかった。

たとえ金木犀の精霊が人間の器を得ることが出来たとしても、元は精霊なわけで、普通の人間とはやっぱり違う存在だと思う。私には恋愛のことはまだよくわからないけれど、相手が人間以外のものであっても、心から愛せば、共に生きる覚悟が出来るのだろうか？

——私は、普通の人としての暮らしを捨てたくなくて、そこにしがみついていたくて、苦しんでいるのに。

穂乃実さんのように、それを捨てる覚悟をしてしまえば、楽になれるのだろうか——？

私が物思いに沈んでいる間に、それまで黙っていた総師が口を開いていた。

「お話を伺ったところでは——確かに、一連の事件を引き起こしているのは、あなたが仰《おつしや》る金木犀の精霊の桂さんの可能性が高いですね。だとすれば、望み通り生身の器を手に入れるまで、彼はあなたの前に姿を現さないかもしれません」

「では、まだこのまま——？　どれだけ人の精気を吸えば、精霊は人になれるんですか？　それまで被害が増え続けるんですか？　そんなこと、耐えられません——！　もう、人になんかならなくていいから、どうか、どうか早く彼を捜し出して捕まえてください」

泣き崩れる穂乃実さんを落ち着くまで宥《なだ》めた総師は、

「彼の行方《ゆくえ》は追ってみますが、精霊が生身を得たなら、ちゃんと玄関から訪ねてきます。窓をすり抜けて部屋に入ってくるようなことはありませんから、もしも彼がご自宅の玄関チャイムを鳴らした時は、すぐにこちらへ連絡してください」

そう言って穂乃実さんを見送ったのだった。

8

穂乃実さんが帰ったあと、私は勢い込んで総師に言った。

「早く、金木犀の精霊を捕まえましょう！　このままじゃ人の世界に被害が増えるだけだし、穂乃実さんの神経も持ちません。さあ、もう一度、精霊界への扉を開いてください」

気ばかりが焦ってその場で足踏みをする私に、総師は落ち着いた口調で答える。

「今回のケースは、向こう側から問題の精霊を引っ張り込むことは出来ないよ」

そういえば、さっきもそう言われたのだ。なぜなのかと訊こうとしたところで、穂乃実さんが来てしまった。私は改めて訊ねた。

「どうしてですか？　なぜ今回は無理なんですか？」

「暴走はしているけれど、本人の意思があっての暴走だからだよ。この間のフルートの精霊のように、悪いものに取り憑かれて暴走して、それを払うというのとは訳が違う。――決着をつけないと、解決はしないよ」

「決着？」

私が首を傾《かし》げても、総師はもう何も教えてくれなかった。総師がソファから動かないので、仕方なく私は事務所のノートパソコンを持ってきた。とりあえずネットで事件の情報を集めてみようと思ったのだ。

この数日に集団失神事件が起きた場所を全部調べ、地図に書き込んでみると、面白いことがわかった。

「――総師、この地図を見てください。精霊は、穂乃実さんの家から一定以上離れた場所では事件を起こしていません。彼女の傍から離れ過ぎないように意識してるんでしょうか？　しかも、瞬間移動するみたいに神出鬼没というわけでもなく、時計回りに円を描きながら移動しています」

私が差し出した地図を見た総師は、「なるほどね」と言って頷《うなず》いた。

「これは、生身の器《うつわ》が出来上がり始めているんだろうね。そのせいで、身体《からだ》が重いんだろう。だからあまり遠くまでは足を延ばせないんだ」

「だったら好都合じゃないですか！」

　私はポンと手を打った。

「ほら、ネットでも『次はここが危ない！』とかって不謹慎《ふきんしん》なお祭り騒ぎみたいにいろいろ予想されてますけど、次に事件が起こりそうな、人の多い場所へ手当たり次第に行ってみれば、精霊を捕まえられるんじゃ？」

　再び勢い込む私に、総帥は真っすぐこちらを見て言った。

「捕まえてどうするの？」

「どうするのって――説得してやめさせるんですよ。とにかく事件を止めないと。大体、精霊が人間になろうなんて滅茶苦茶《めちゃくちゃ》なこと、あっちゃいけないことでしょう」

　そんな当たり前のこと、わざわざ問い返す？　と私がくちびるを尖らせると、総帥は飽くまで落ち着いた風情《ふぜい》で問いを重ねた。

「だりあちゃんは、この愛のためなら世界を壊してもいい、と思うほど誰かを好きになったことがある？」

「……そんな大恋愛の経験はありません、けど」

　大恋愛どころか小恋愛の経験もない。

「じゃあ、今回の金木犀の精霊にだりあちゃんが同化するのは無理だよ。この間みたいな解決の仕方は出来ない。精霊本人が決着をつけに穂乃実さんの前に現れるまで、待つしかない」

　突き放すような言い方に、私はむっとして言い返した。

「それまでに、たくさんの人が精気を吸われて倒れても？　フルートの精霊の時は、保護を急いだのに！　本体から取り残された迷子の精霊の存在は、この世界の調和を捻《ね》じ曲げることになるから早く保護しなきゃならない、って言ったのは総師じゃないですか」

「ケースバイケースだよ。今回みたいな精霊の暴走は、今の段階で無理矢理捕まえても、精霊のためにならない」

「精霊のため？」

「僕の仕事は、その精霊にとって最も良い形でその精霊を救うこと。そのために人間に被害が出てもしょうがない」

「えぇっ？」

　私は耳を疑って総師を見つめ返した。

　——今、なんて言ったの？　精霊のために人間が被害を受けても、しょうがない？

「それに、人から精気を吸うといっても、生命《いのち》を奪うほどは吸えないよ。特定の人間からだけ精気を丸ごといただいたら、下手《へた》をすればその人間の精気に操られて、自分という存在が保てなくなってしまうからね。いただくとしても、ひとりからはせいぜいしばらく失神するくらいの精気だ。安静にしていればすぐに回復するし、倒れた拍子に怪我《けが》でもしたというなら、後の保障は手厚くするようにこちらで手配するよ」

「――」

私は咄嗟《とっさ》に何と反論すればいいのかわからなくて、ただ絶句した。

この総帥という人が、優しいのか冷酷《れいこく》なのかわからなくなった。精霊自身が納得する形で問題を解決するために、敢《あ》えて暴走を静観するというの？　行き場を失った精霊の本懐を遂《と》げさせることの方が大事で、人間のことはどうでもいいの？

言葉は出てこなくても、私の表情から言いたいことは伝わったらしく、

「それが精霊探偵社の仕事だよ」

と総帥が言った。私は、まとまらない頭で必死に言葉を絞《しぼ》り出した。

「――でも、目に見えない精霊に襲われたら、普通の人は身を守れないです。死にはしないから大丈夫だなんて、無責任過ぎます。いくら精霊の面倒を見るのが精霊探偵社の仕事でも、精霊を甘やかし過ぎるのはどうかと思います。裏側の精霊界ならともかく、こっち側は人間の世界なのに！」

私の訴えに、総帥はゆったりと頭《かぶり》を振った。

「それは違うよ。ここは人間だけの世界じゃない。人間も住んでいるけれど、他に精霊や虫や動物や植物も住んでいる、みんなの世界だよ。人間はしばしばそのことを忘れて、他の生きものを生き辛くさせる。ここは人間のために創られた、人間だけの世界じゃないんだから、人間にだけ都合良くすべてを回そうなんて虫が好過ぎる話だよ」

「──」

私はまた絶句させられてしまった。

人間だって、裏側に避難場所の世界を創らせるくらい精霊に迷惑をかけている。だから人間も、精霊から迷惑をかけられることがあっても我慢しろと？

「精霊だって恋をすることはあるし、暴れることもある。精霊の暴走は、地震や台風や、そういった自然災害と同じだよ。人間にはコントロール出来ない、どうしようもない災難もこの世にはある。──人間はとても情の強い生きもので、その情が欲に傾けば、平気で精霊を殺す。人間の勝手で、森林が伐採《ばっさい》されたり海が埋め立てられたりして、精霊ごと大量の生きものが葬《ほうむ》られる。精霊にとって、人間がとんでもない災厄《さいやく》になることもあるなら、その逆だってあるさ」

「……」

「もちろん、僕たちだって好んで事を荒立てたいわけじゃないし、止められるものなら止めるけれどね、それが出来ない場合もある。人間はもう少し謙虚になって、自分たちの目に見えないものがもたらす災難を想像して行動を考え直す必要があるし、自業自得《じごうじとく》を受け入れることを知って欲しいと思うね。人間が有り難がっている科学の力では対処出来ない事象もある。それが、いろいろなものが暮らすこの世界に生きるということだよ」

——総師は一体、どういう立場でものを見ているんだろう？

総師だって人間なのに、人間に対して厳し過ぎないだろうか。

それは、総師の言うお互い様の論理も、わからないではないけれど——でもこの状況で、精霊が暴走を続けるのをただ黙って見ていることなんて出来るわけがない。

「……っ」

私は総師の前でくるりと身を翻《ひるがえ》し、後ろも振り返らずに探偵社を飛び出した。

衝動に委《まか》せて夕暮れの欅通りを走っていると、頭に血が昇っているせいなのか、視野が狭まって周りの精霊に酔うこともなかった。思いがけない発見だったけれど、そんなことに喜ぶ気分にもなれなかった。ひたすら総師に腹が立っていた。

——確かに私には、恋愛のことなんてわからない。

でも私には精霊を見る力がある。暴走した精霊の姿を、私なら見つけることが出来る。

せっかくそういう力を持っているのに、こんな時に何もしないでいることなんて無理だ。そもそも総帥だって、私のその力を買って探偵社に預かったんじゃないの？　私にもっと訓練が必要だって言ったのは、総帥なのに――。

心の中で総帥に文句を言いながら、ふと気がついた。

総帥は思ったより狸《たぬき》だ。私の使い道をしっかり計算してる。

この間のフルートの精霊事件の時は、私が役に立つと総帥には初めからわかっていたのだ。私の感情が精霊と同化するのに役立つと。

あの時、精霊を暴走させていたものの正体と、私が胸に抱えているものが、総帥の目には見えていた。精霊の姿は見えなくても、そういうものを見通す目は持っている人なのだ。

その総帥が、今回は私の力では精霊を保護出来ないと言うなら、そうなのかもしれない。

でも、だったら、総帥自身が動けばいいんじゃないの？　浚さんの言葉を信じるなら、まだ私の知らない特技が百個以上もあるはずなんだから！

とはいえ、総帥へのムカつきだけで永遠に走り続ける体力が生まれるわけもなく、いい加減息が上がったところで、私は足を止めた。

すぐそこに駅が見える。このまま引き返すのも癪《しゃく》だし、ネットで噂《うわさ》されていた『次の事件現場』予想地点へ足を運んでみようと思った。あそこの欅通り駅からなら、西行きの路線に乗れば、今まで精霊が描いてきた円の先、これから精霊が事件を起こしそうな地域へ行くことが出来る。

私は電車が大きめの駅に着く度《たび》に降りて、人が大勢行き交うコンコースをうろついてみた。それを何ヶ所かで続け、この路線ではかなり乗降客の多い楓山《かえでやま》駅に降りた時だった。

突然、階段下のコンコースの方から人の悲鳴が上がった。

まさか——と動悸《どうき》を速めながらコンコースへ駆けつけると、売店の前に何人かの人が倒れているのが見えた。そこから、ドミノのように周りの人々が倒れてゆくのはあっという間の出来事だった。

「……！」

階段を降りてきた人たちが、この有様を見てまた悲鳴を上げ、慌てて逃げ惑う。

私の目には、淡い色の髪をした身体の半分透けた青年が、人々の間を泳ぐように動き、首に腕を巻きつけて精気を吸い取っているのが見えた。まさに手当たり次第、というやり方である。

「やめて——！」

私は、青年——金木犀《きんもくせい》の精霊・桂さんに向かって、大声で叫んだ。私の視線が何もない空《くう》を捉えているのを見て、近くにいたおじさんがぎょっとしたように離れていったけれど、今ここにいる人たち全員から変な子だと思われてもいい。目の前で大変な事件が起きているのに、知らないふりをして逃げることなんて出来ないと思った。

「桂さん、やめて！　穂乃実さんがあなたを心配してるわ！」

無事な人たちはどんどん外へ逃げてゆくのに、私は逆に人が折り重なって倒れている事件の中心地へ向かって歩を進めてゆく。

近づくほどにはっきり見えてきた桂さんは、茶色っぽい髪をした、綺麗《きれい》な顔立ちの青年だった。

「私は精霊探偵社の者です！　穂乃実さんから頼まれたの！　金木犀の木から離れたあなたを見つけ出して欲しいって！」

桂さんは薄い茶色の瞳でやっとこちらを見てくれたけれど、すぐにまた人々の精気を奪うことに没頭し始めてしまった。

警察や駅の警備員など、制服姿の人たちが大勢駆けつけてきたものの、目に見える人間が武器を振り回しているとかガスボンベの中身を撒《ま》き散らしているわけでもなく、取り押さえるべき犯人がいない。それなのに人がバタバタ倒れてゆくのを目の当《ま》たりにし、対処に戸惑ってその場で固まってしまっている。

――ほら、普通の人には、今ここで起きていることが見えていない。見える私がなんとかしないと！

私は意を決して、桂さんに体当たりするように飛びついた。傍《はた》から見れば、何もないところにダイブしたように見えただろうけれど、私の腕は確かに人の身体を摑《つか》まえていた。

ただその腕もすぐに振り払われてしまった。これも、突然空中に抱きついたかと思ったら、そこから撥《は》ね返されるという器用なパントマイムをする女の子――という風に見えているのだろう。警察の人が私に早くこの場から離れるよう声をかけてくる。このままでは、桂さんを捕まえる前に、私が警察の人たちに取り押さえられてしまう。

私は再び桂さんに飛びつき、その腕にあらん限りの力でしがみついた。

「桂さん！　お願いです、もうこんなことはやめて、穂乃実さんのところへ戻ってあげてください！」

『うるさいな――準備が出来たら、言われなくても戻るよ』

桂さんはまた私を振り払おうとして腕を回しかけたけれど、ふと動きを止め、怪訝《けげん》そうに私の顔を見つめた。

『君――すごいね』

「え？」

『すごい――強い精気が流れ込んでくる』

桂さんは、腕にしがみついている私を逆に抱き寄せ、強い力で抱きしめた。

「!?」

びっくりしたのと、身体から急激に力が抜けてゆく感覚に襲われたのとで、私は強い目眩《めまい》を起こした。抵抗出来ないまま、どんどん力を奪われてゆくのを感じる。

『素晴らしい――特別に強い精気だ――』

歓喜に震えるような桂さんの声が耳元に聞こえる。

私の精気を吸ってるの――!?

桂さんの腕からなんとか抜け出そうとしても、無駄だった。まったく身体に力が入らない。頭の中にはどんどん霞《かすみ》がかかっていって、瞼《まぶた》も上がらなくなってゆく。

――これって、ミイラ取りがミイラになる、ってやつ……?

9

情けない思いで意識が完全にブラックアウトしたあと――。

妙にぽかぽかした心地好さを感じて目を覚ますと、私は赤いスーツの腕に包まれていた。

――総帥……!?

場所も駅ではない。走る車の中だった。窓の外はもうすっかり暗い。

慌てて総帥の膝から降りようとしても、身体が言うことを聞かず、動いてくれない。喉《のど》がカラカラでくちびるもカサカサで、声がうまく出せない。何がどうなってしまったのかわからずにいる私に、総帥が困ったような顔でささやいた。

「馬鹿だね、だりあちゃん。相当吸われちゃったから、ちょっと強めに行くよ――」

そう宣言するや否《いな》や、強く抱きしめられた。

「っ！」

身体に電流でも流されたみたいに、目から火花が散ったような気がした。ただ、最初の衝撃は強かったけれど、その後は少しずつ流れ込んでくる何かが和《やわ》らいでゆき、やがて心地好い甘さが身体を満たしていった。

桂さんに抱きしめられた時とはまるで逆だった。あの時はひたすら身体の力を奪い取られてゆく感覚だったのに、総帥の腕の中にいると、身体に温かい力が注がれるのがわかる。自然に喉の渇《かわ》きも癒《いや》されて、声が出るようになった。

「総帥……どうして……？」

「駅のロータリーに植えられている楓《かえで》の精霊からホットラインが入ったんだよ。カエデ科の仲間同士、紅葉川夫人から君のことを聞いていたみたいで、君が大変だからって連絡をくれたんだ」

「また精霊の神秘ですか……。紅葉川夫人、公園から動けなくても顔が広いですね……」

私は思わず笑った。それは自嘲《じちょう》の笑みだった。精霊を救けようとして、自分が精霊に救けられているんだから世話はない。

「――まったく、無事でよかったよ。あんまり無茶をするようだと、首輪の鎖を長くして、ずっと僕に繋《つな》いでしまうよ？」

総帥は見えない鎖を引っ張って、私の頭をくいくいと揺らした。

「やめてください――私だって好きで無茶をしたわけじゃありません、総帥が動いてくれないから――」

反論しかけて、そもそもの問題を思い出す。

「あの、桂《かぶり》さんはどうなったんですか？　捕まえたんですか？」

総帥は頭を振った。

「僕が駆けつけた時には、もう彼はいなかったよ。とりあえず倒れている君だけ保護して、退散してきた。迂闊《うかつ》に駅の関係者に摑まっても、本当の事情は説明出来ないからね」

「……じゃあ、桂さん、これからまだ別の場所で人を襲うんでしょうか」

「それはどうかな――」

総師は思わせぶりな言い方をしてから、また私を抱きしめる腕に力を籠めた。

「それより、もう大丈夫？　まだ足りないようなら、もうちょっとあげようか？」

い、い、い、あげようかも何も、一体総師から何をもらっているのか、正確なところはわからない。ただとにかく、総師の腕の中は甘くて気持ちいい。癖《くせ》になるから、変に餌付《えづ》けするような真似《まね》はやめて欲しい。それに、バックミラー越しに時々目が合う浚さんの顔も怖いし――。

「もう大丈夫です。ありがとうございました」

私は事務的にお礼を言って総師の膝から降りた。それからすぐ、車は欅通りの探偵社に着いたのだった。


探偵社に戻ってすぐ、葉山さんが穂乃実さんを連れてやって来た。総師に呼ばれたのだという。葉山さんは仕事帰りらしいスーツ姿、穂乃実さんは部屋着の上にクリーム色のカーディガンで、如何《いか》にも慌ててやって来たという風情《ふぜい》だった。

穂乃実さんは私たちの顔を見るなりすぐ、「桂は!?」と訊ねてきた。

「そろそろ来ますよ」

と答える総師に、私は「えっ？」と声を上げてしまった。

「来るって、ここに？　桂さんが？」

私の精気を奪って逃げたのに？　わざわざ捕まりに来るようなものなのに、どうして？

意味がわからなかった。私が顔中に疑問符を貼りつけて総帥を見上げた時、玄関のノッカーが鳴った。

「！」

私は反射的に玄関へ飛んで行って扉を開けた。

そこに立っていたのは、髪も瞳も淡い色をした青年――桂さんだった。ただし、さっきのように半分透けた姿ではなく、生成《きな》り色のラフなシャツにジーンズという服装がしっかり色づいて見え、まるで普通の人間みたいだ――と思った時、総帥の言葉が脳裏《のうり》に蘇《よみがえ》った。

精霊が生身を得たなら、ちゃんと玄関から訪ねてきます――。総帥は穂乃実さんにそう言ったのだ。

生身だから、ちゃんと玄関から訪ねてきた――？

「あれ、君――。さっきあんなにいただいたのに、もう平気なんだ？」

桂さんは私を見て、感心したように笑った。

「やっぱり、特別な精気の持ち主なんだね。ありがとう、助かったよ。君のおかげで、こうやって人の器《うつわ》を手に入れることが出来た」

「えっ？」

私は桂さんの言葉に、その場で凍り付いてしまった。

――まさか？

私の精気が、最後の仕上げの役に立ってしまったということ？

恐ろしくて口に出来ない問いを肯定するように、桂さんは笑顔のままだった。

――私はあそこで、桂さんの前に姿を見せるべきではなかった？

私のせいで、桂さんは人の器を手に入れてしまったの？　精霊が人間になるなんて、自然に反したことなのに――！

総師は、私が襲われた時点でこの成り行きを察して、穂乃実さんたちを呼んだ上に、桂さんもすぐにここへ来ると言ったの？

ショックを受けている私の背後から総師が顔を出し、桂さんを応接間に招いた。

桂さんの姿を見た穂乃実さんは泣いて彼に縋《すが》りつき、葉山さんはオバケでも目撃したような顔で桂さんを見た。――つまり、桂さんの姿は葉山さんにも見えている。ということは、桂さんは本当に人の器を手に入れたのだ――。

改めて頭を鈍器で殴《なぐ》られたような気分になっている私の一方で、浚さんは冷静に人数分のお茶を淹《い》れ、桂さんは総師に向かって率直《そっちょく》な依頼を口にしていた。

「あなたが精霊探偵社の主ですか？　僕に、人間としての身分を用意してください」

「何のために？」

総帥の問いに、桂さんは当たり前だろうという口調で答えた。

「もちろん、穂乃実を守るためにですよ」

その言葉に、穂乃実さんが激しく頭《かぶり》を振った。

「駄目！　そんなのいらない！　人を傷つけてまで人間の器を手に入れるなんて、私は桂にそんなことして欲しくなかった――！」

「何を言ってるの？　全部、穂乃実のためだよ」

桂さんは穂乃実さんの肩を抱いて慰めるように言うけれど、穂乃実さんは頭を振り続けるだけだった。駄々っ子でも見るようにしながら、それでも優しい表情で穂乃実さんの背中を撫《な》でる桂さんに、私は空恐ろしいものを感じていた。

――桂《この人》さんは、穂乃実さん以外の人間はどうでもいいと思っている。

穂乃実さんのために――想う人のために犯す罪なら、許されると思っている。だから、あとで頼みごとをしに行くつもりだった精霊探偵社の人間だと知っていて私の精気を奪い、それから悪怯《わるび》れもせずにこうやって探偵社へ来て、図々《ずうずう》しい依頼を口にしている。自分の願いは叶えられて当然だと思っているのだ。

どこか壊れている、と思った。

　大体、桂さんはあの駅からどうやってここへ来たの？　精霊の力で移動するならともかく、生身で移動したなら、電車かタクシーを使わないとさっきの今でここには辿《たど》り着かない。交通費をどうしたの？　精霊はお金なんて持たないのに。

　桂さんのジーンズのポケットに、財布らしいものがちらりと見えた。――盗んだの？　あれだけ大勢の人を昏倒《こんとう》させれば、その中の誰かの懐《ふところ》から財布を失敬することなんて簡単だろう。そうやって、人から奪った精気で人になり、人から盗んだお金でここへ来たの？

　たまらない気持ちになって息を詰める私の前で、桂さんに肩を抱かれた穂乃実さんが顔を上げて訊ねた。

「桂――。本当に全部、あなたがやったことなの？　私を苛《いじ》めた同級生や同僚から精気を奪っていたの？　それだけでは足りなくて、全然関係ない人たちからも――？　将馬くんの生命《いのち》を狙うようなこともしていたって、本当？」

　改めての問いに桂さんは悪怯れることなく頷《うなず》いた。

「穂乃実――。僕は、君が子供の頃からずっと傍で見守ってきた。僕は君を守ることしか考えていないよ。僕が君を安全な場所で守ってあげる。――だけどこの世界で君と一緒に生きるためには、人の器が必要だ。生身の身体《からだ》を手に入れれば、君と家族を作って幸せに暮らすことが出来る。精霊が生身を得るには大量の精気が必要で、人間になりたいなら人間の精気をもらうのが一番手っ取り早い。それで、どうせなら、君に辛《つら》く当たった人間たちからいただこうと思ったんだ。いいお仕置きにもなるからね」

何か言い返そうとする穂乃実さんを遮《さえぎ》り、桂さんは葉山さんを見遣《みや》りながら続けた。

「ただ、そうしているうちに、こいつが現れた――。穂乃実が嫌がっているのに、穂乃実を振り回して連れ回し、穂乃実を疲れさせるばっかりだ。穂乃実は優しいから、厭《いや》な思いをしていても人に強いことが言えない。僕はそれをよくわかっているよ。だから僕が代わりに、こいつにお仕置きをしてやろうとしただけさ」

桂さんに言いたい放題言われて、それまで黙っていた葉山さんがようやく口を開いた。

「穂乃実は、昔から引っ込み思案なんだ。誰かが引っ張り出してやらないと、自分からじゃ外へ出て行けない。温室の中で風にも当てないように守ろうなんて、そんなのは穂乃実のためにならない！」

葉山さんの言葉を、桂さんは鼻で笑う。

「余計なお世話だよ。君が考えなしの告白をしたせいで、穂乃実は苦しんだんだ。君の想いには応えられない、申し訳ない――ってね。僕は穂乃実を苦しめるものはなんであっても許さない。早く穂乃実を君の目の届かないところまで連れて行ってしまいたかった。――だから急いだんだ。穂乃実を苛めた奴、それを見て見ぬ振りした奴、片《かた》っ端《ぱし》から精気を吸い取ってやろうとした。そうしたら、急に大量の精気を取り込み過ぎたせいで、本体の木が枯れてしまった――」

桂さんは自分の身体を抱きしめて、枯れてしまった金木犀を偲《しの》ぶような表情を見せた。

「本体を失うというのは、ものすごい空虚感だった――。糸の切れた風船みたいに自分が頼りなくなって、早くもっとたくさんの精気を吸って生身の器を手に入れなければ、風に吹き飛ばされて消えてしまいそうな不安に苛《さいな》まれた。だから、もう手当たり次第に人の精気を吸った。おかげで、僕の身体は確実に人の器を作りかけていた。身体が重くなって、あまり身軽には動けなくなった。ひとまず、邪魔な男のことは横に置いて、とにかく器を完成させることを優先しようと思った」

「……だから最近、誰かに狙われるのがぴったり止んでたのか」

納得したように葉山さんがつぶやいた。それを無視して桂さんが穂乃実さんを見る。

「ほら――穂乃実。僕はとうとう人の器を手に入れた。僕と一緒に行こう。誰も君を煩《わずら》わせない場所へ――」

桂さんが穂乃実さんの手を取ろうとするのを、葉山さんが割って入って止めた。

「こんな関係は間違ってる！　穂乃実、よく考えろ。こんな無茶をする精霊と一緒に生きるなんて駄目だ。こいつが穂乃実のことを本気で大切に思ってるのはわかった。でも、こんなやり方で穂乃実を幸せに出来るわけがない。邪魔な奴には嫌がらせをして遠ざけて、穂乃実のことは家の中に閉じ込めて、そんな生活の何が楽しいんだ!? こいつのやり方は、穂乃実を狭い世界に閉じ込めるだけだ。俺は、穂乃実をもっと広い世界に連れ出してやりたいんだ」

穂乃実さんが返事をする前に、桂さんが言い返す。

「穂乃実はそんなことを望んでない！ 穂乃実は広い世界になんて興味はない。ただ静かに、穏やかに生きることを望んでるんだ。僕は穂乃実をずっと見てきた。人は何かといえば、おとなしい穂乃実を虐《しいた》げる。そんな連中がいる場所に穂乃実を置いてはおけない。穂乃実はずっと僕が守る。僕が働いて穂乃実を養う。だから僕には人間としての身分が必要なんだ――」

「やめて――！」

突然、穂乃実さんが悲鳴に近いような大きな声で叫んだ。

「……それじゃ駄目だって、わかったの」

穂乃実さんは桂さんを見つめて言った。

「何が駄目？」

「私、桂といたら、桂に頼って甘えるだけで、何も出来ない人間になっちゃう」

「それでいいよ。僕がずっと穂乃実を守ってあげる」

そう言って桂さんはうっとりするような微笑《ほほえ》みを穂乃実さんに向ける。穂乃実さんはその微笑みを振り払うように頭《かぶり》を振った。

「それじゃ駄目なの！」

もう一度強く言って、穂乃実さんは桂さんから一歩離れた。

「桂との恋は、相手にひたすら依存して依存して、自分たちだけの世界に閉じ籠《こも》って、先には何もない。でも将馬くんは私を知らない世界に連れ出してくれる。確かに、彼の力強さは一緒にいると疲れてしまうほどだけれど、そういう大変さから逃げるだけでは、何も始まらないんだと思う。前へ進むためには、楽な方にだけ逃げていては駄目なんだってわかったの」

「穂乃実、どうしたんだ？　先がないなんて、そんなことはないよ。僕たちは家族になるんだ。家族を作るんだ。そう約束しただろう？」

「……」

何も答えない穂乃実さんに、桂さんは戸惑ったような顔をする。

「穂乃実は……僕と一緒に生きるのが厭になったの？　穂乃実のために、僕は人の器を手に入れたのに」

穂乃実さんは、何度も言葉を発しかけてはやめ、言葉を選び選び言った。

「――私、間違ってた。桂と一緒にいたいなら、金木犀の木に一緒にいてもらうだけでよかったのに。金木犀に宿る精霊は、金木犀の木と共に生を終えるのが自然の摂理だわ。それを私のせいで捻《ね》じ曲げて、大勢の人に迷惑をかけてしまった。私がちゃんと人の世界で人と交わって生きてゆくこと――それが、ずっと私を守ってきてくれた桂の愛に応える、ということなんだってわかったの――」

穂乃実さんが、今まで見せたことがなかったような強い瞳で桂さんを見つめる。それを見つめ返した桂さんは、唐突に何かを悟ったような顔をした。

「――ああ……。穂乃実は、大人になったんだね。精霊の遊び相手なんかいらない、大人に――」

桂さんは力が抜けたように両腕をだらりと下げる。どこともない遠くへ視線を遊ばせるその顔は、すべてが終わった――そう語っていた。

「精霊の都へお送りしましょうか」

まるでずっと存在を消していたかのようだった総帥が、すっと歩み出て声をかけると、桂さんは頭《かぶり》を振った。

「今、穂乃実も言ったでしょう。金木犀の精霊は、宿った金木犀の木と共に生を終えるのが自然だと。穂乃実がそう望むなら、僕はそのようにする——」

静かな口調で答え、やわらかい表情で穂乃実さんを見る。

「——さよなら、穂乃実」

短い別れの言葉の、最後の発音が消えるのと同時に、桂さんの姿がパッと霧のように散った。

「桂……!?」

穂乃実さんも葉山さんも唖然《あぜん》として、桂さんが消えた空間を見つめた。もちろん、私も驚いて言葉を失っていた。

生身を得たといっても、やはり本質は精霊でしかなかったということなのか。一瞬のことだった。ほんの一瞬で、服も骨も残さず、桂さんは消滅してしまった。ただ、誰かから失敬したらしい男物の財布だけが絨毯《じゅうたん》の上に落ちていた。

「——これは、持ち主の手に戻るよう手配しましょう。中身をいくらか補塡《ほてん》してね」

総帥は穂乃実さんに向かってそう言い、拾い上げた財布を浚さんに渡した。実務的なことはすべて彼任せなのだろう。総帥こそ、浚さんに頼りきりで生きる自分の生活に疑問を持つべきでは——と私は真剣に思ったけれど、今はそんなことを突っ込んでいる場合でないこともわかっていた。

傍《かたわ》らでは、あまりに呆気《あっけ》なく消えてしまった桂さんにショックを受けて泣き崩れる穂乃実さんを、葉山さんが慰めている。

「最後には、あいつもわかってくれたんだよ。だから潔《いさぎよ》く、本体の金木犀を追って消滅したんだ。大丈夫、これからは俺がずっと傍にいてやるから——」

「ずっとじゃなくていい……。私、自分で出来ることは自分でやるから……」

「穂乃実を甘やかし過ぎると、俺も振られるってこと？　わかった、気をつける！」

穂乃実さんと葉山さんの間には、早くも不思議な力関係が生じているようだった。けれど、強がったことを言ってみせても穂乃実さんの受けた衝撃が相当だったのは確かで、この場は早く家へ送って休ませた方がいいだろうと総師が言った。

「もう、時間も遅いですからね。一連の事件の後始末はこちらで引き受けますので、ご心配なさらなくて結構ですよ」

何度も礼を言ってふたりが帰って行ったあと、私は応接間のソファに座って呆然《ぼうぜん》としていた。

正直、私もとてもショックだった。今までの仕事は、迷子の精霊を保護して精霊界へ送り届けるばかりで、あんな風に目の前で消滅する精霊を初めて見たのだ。

総師は、敢えて桂さんが人の器《うつわ》を持つまで待って、桂さんにも穂乃実さんにも現実を見つめさせたかったのだろうか。これが、ずっと総師が言っていた「決着をつける」ということだったのか。

今回は結局、私は何の役にも立てなかった。青臭《あおくさ》い正義感で外へ飛び出して、結局総師に救けてもらう羽目になっただけだった。

――もっと、自分の力をちゃんと使えるようになりたい。

自分に出来ることと出来ないことを、きちんと見極める目を養いたい。

私が落ち込んでいると、総師が声をかけてきた。

「だりあちゃんの強い精気を吸ったおかげで、精霊は一気に器を完成させた。精気を吸い取られるはずだった何人かはだりあちゃんのおかげで救かったわけだから、結果的には人助けをしたね」

「……」

相変わらず、能天気なほどのポジティブシンキング……。私は呆《あき》れて総師の顔を見た。

「精霊と将馬くんがちゃんと対面することに決着の意義があったんだから、だりあちゃんも無駄に精気を吸われたわけじゃないよ」

「……でも――穂乃実さんと葉山さんの新しい門出はおめでたいと思いますけど、人と精霊が愛し合ってもこんな結末になるしかないのかと思うと——なんだか切なくなります。もちろん、元々種族が違うんだから、結ばれなくても仕方ないんだろうけど……」

力の入らない声で言いながら、その時、私の胸にひとつの疑惑が生まれた。

悲劇的結末を迎えるしかない、人と精霊の恋。もしかしたらそれは、他人事《ひとごと》ではないのかもしれない——。

桂さんは、人の器を得て穂乃実さんと家族になると言った。家族を作れると言った。それはつまり、精霊でも生身を持てば、人間との間に子供を儲《もう》けられるということ？

——それなら、私のお父さんは実は、精霊……という可能性もある？

ふとした自分の思いつきに、急に胸の鼓動が激しくなった。

桂さんは、私の精気は特別に強いと言った。総帥も、私の精気は普通の人の数人分に相当すると言った。自分では気づいていなかったことだけれど、私がそこまで強い精気を持っているのは、私の精霊を見る力が異様に強いのも、父親が精霊だからだというなら、すんなり説明がつく気がする。

昔、お母さんは生身を得た精霊と愛し合って、私が生まれて、何か悲劇的展開の末に訣《けつ》別《べつ》して、ひとりで私を育ててきたとか……？

私にお父さんのことを話せないのは、お父さんもまた、さっきの桂さんみたいに何も残さず消滅してしまったからだとか……？

脳裏《のうり》に、父にまつわる唯一の記憶が蘇《よみがえ》る。私には赤が似合うと言って、赤い物ばかりを選んでくれた人のぼやけた姿。顔はまるで曖昧《あいまい》なのに、プレゼントされた服や靴《くつ》の赤い色だけが、今も眩《まぶ》しいほど鮮やかに思い出される。

緋色《ひいろ》の記憶の中のあの人は、もうこの世にいないのだろうか——。

第三話

精霊探偵社《So Sweet》と緋色の理由

1

金木犀《きんもくせい》の精霊事件からしばらく経った昼下がり。

今日も私は精霊探偵社の応接間で、紅葉川《もみじがわ》夫人からの世間話電話に付き合わされていた。

やっと長話が終わって電話を切ったところ、受話器を置いたばかりの電話機がけたたましく鳴り出した。

紅葉川夫人にまだ何か言い忘れたことがあるのか、はたまた他の精霊からの緊急連絡か――うんざりとドキドキを綯《な》い交《ま》ぜに受話器を取る。

「はい、精霊探偵社《So Sweet》です」

『あ、お世話になっております、都庁のタケオです』

「あっ、タケオさん――お世話になっております」

私はほっと和《やわ》らいだ気分で電話越しに頭を下げた。

『総帥《そうすい》はいらっしゃいますか?』

「えーっと、例によっておやつの時間までには帰ると言って出かけたので、そろそろ戻ってくるとは思うんですが――」

一時間置きにオルゴールの音と共に鳩が出てくる壁掛け時計を見ると、もう少しで午後三時というところだった。

『そうですか。では、少しお喋《しゃべ》りしているうちにお戻りになるかもしれませんね。――表側《そちら》はどうですか、そろそろ朝晩が涼しくなってきましたか？』

「そうですねぇ、日によりけりです。昨日の朝はちょっと涼しい感じでしたけど、夜からはまた暑くて――」

同じ他愛《たわい》ない世間話でも、まくし立てるように喋る紅葉川夫人と比べると、タケオさんとの会話はゆったりしていて心地好かった。正直、この探偵社での仕事で、タケオさんからの電話は私のオアシスだった。何せ、ここへ来てから出会った変人揃いの関係者の中で、唯一、変人ではない人物（精霊）である。

何度叱《しか》っても自分で開けたものを閉めない社長や、意地悪なお姑《しゅうとめ》さんみたいな秘書、マイペース過ぎる精霊画家、やる気の無さ過ぎる刑事、お喋り好きな紅葉の精霊――日々をそんな人（精霊）たちに囲まれて暮らしていると、タケオさんの醸《かも》し出す優しい雰囲気《ふんいき》に和《なご》ませてもらえる。電話でしか話したことがない相手だけれど、だからこそなのか、声を聞くとなんだかほっとする。

といっても、私からタケオさんに電話をかけたことはない。精霊ホットラインは着信専用なのだそうだ。だから総帥が不在の時は、折り返しますとは言えず、相手にかけ直してもらうしかない。タケオさんも初めの頃はすぐに「かけ直します」と言って電話を切っていたのだけれど、いつの間にか、ついでに私と雑談めいた会話をするようになっていた。

天気の話や昨日の晩ごはんの話、特に中身のない話をほのぼのとしているうち、総帥がお供の湊《さらい》さんと共に帰ってきた。

「――あ、総帥が帰ってきました。替わりますね」

今日も舞台衣装のような鮮やかな緋色《ひいろ》のスーツに身を包んだ総帥に受話器を渡すと、湊さんはキッチンの方へ向かう。おやつの支度《したく》だろう。

ソファに腰を下ろし、タケオさんの話をしばらく黙って聞いていた総帥は、「じゃあ、明日行くよ」と言って受話器をテーブルの上に放り出した。何度注意してもこれだ。

「だーかーらー、話が終わったら、ここへ戻す――!」

私は総帥の手を取り、受話器を持たせて自分の手で電話機へ戻させようとした。そこへ、おやつのケーキを持った湊さんがやって来て眉《まゆ》を吊り上げた。

「何をしているのです!? 私の目を盗んで総帥のお手を取るとは、破廉恥《はれんち》な――!」

「は、破廉恥……!? 私はただ、受話器の戻し方を教えようとしていただけです!」

言い返す私の横で、総帥がするりと私の手を握り返してきた。

「いやあ、だりあちゃんから情熱的に手を握られたから、ドキドキしちゃったよ」

「手を握ったんじゃなくて、受話器を握らせようとしただけです！　ふたりとも、目の前の事実を正しく認識してください！　――ていうか、これ、電話ちゃんと切れてます？」

私は厭《いや》な予感がして、おそるおそる受話器を自分の耳に当ててみた。

『あ……すみません、こちらから切りますね。では、また――』

タケオさんの戸惑った声が聞こえ、慌てて電話が切られた。ああ、アホなやりとりを聞かれてしまった――。

私は本来、声を荒らげて人を叱りつけることなんてない環境で生きてきたのだ。それが、総師という人があんまりにもあんまりで、ついでに浚さんの私を見る目もあんまりなので、つい声が大きくなってしまう。

精霊探偵社へ来てから、自分のキャラが変わってゆくような気がする――。

アイデンティティの危機に怯《おび》えつつ、マジパンの薔薇《ばら》が飾られた綺麗《きれい》なケーキ（もちろん浚さんお手製）をもそもそと食べていると、総師が言った。

「そうだ、明日はだりあちゃんも一緒に行く？」

「――え？　どこへですか？」

「都庁だよ。精霊の都の」

「え――」

さっき、タケオさんに「明日行くよ」と答えていたのは、その話？

「そういえば、だりあちゃんをまだ都庁へ連れて行ったことがなかったなあと思って。だりあちゃんも活躍した件だし、一緒に行こうか。大丈夫、今の長《おさ》は古い楠《くすのき》の精霊だけど、怖くないから」

「ちょっと待ってください、私が活躍？　長？　何の話ですか？」

「精霊の都の長がね、この間の金木犀の精霊事件について、詳しく話を聞きたいと言ってるらしいんだ。経緯《いきさつ》の大筋は自動的に精霊台帳に書き込まれているはずだけど、最近の中ではちょっと騒ぎが大きくなってしまった事件だし、直接顛末《てんまつ》を説明して欲しいとのことでね。――うん、じゃあ明日はだりあちゃんと都庁行きということで決まり！」

「……」

総帥に明日の予定を勝手に決められ、私は複雑な気分で食べかけのケーキに目を落とした。

精霊の都へは何度も連れて行ってもらっているけれど、その中心にあるという都庁に、私は足を踏み入れたことがない。迷子の精霊を都へ送り届ける仕事も、わざわざ都庁まで引き渡しに行って書類にサインする、みたいな手続きがあるわけでなし（自動的に精霊台帳の情報が更新されるから）、必要な追加報告は総帥がしているしで、私のような下《した》っ端《ぱ》バイトが精霊の宮殿へ行く用事などなかったのだ。

それはもちろん、都庁という場所に興味がないと言ったら嘘になる。電話でしか話したことのないタケオさんと会ってみたいと思ったりもするけれど、総帥に「都庁へ行ってみたい」と積極的にせがむこともなかった。

――だって、なんだか怖い気がするから。

精霊絡みの問題で自分が役に立てることが嬉しい半面、私にはまだ、覚悟をしきれていない部分がある。精霊の世界と深く関わり過ぎてしまったら――深みに嵌《は》まってしまったら、もう普通の世界には戻れないような気がして。精霊のために働くにしても、まだ出来るだけ表層的なところに留まっていたいという往生際《おうじょうぎわ》の悪さを自覚している。

でも、もし――。

私の父親が本当に精霊だったとしたら。私は生まれつき、深みに嵌まりきっていることになる。もしかしたら精霊界の都庁には、私が生まれた経緯が記された台帳があるかもしれない。それを突きつけられるかもしれないのが怖い。

総帥は、一体どういうつもりで、突然私を都庁へ連れて行くなんて言い出したんだろう。

――というか、総帥は、私の事情をどこまで知ってるんだろう？

それは取りも直さず、お母さんや大《おお》ばあさまたちが、何をどこまで私に隠しているのか、ということでもあるけれど。

「このクリームは、右を曲がって三番目にある星を舐《な》めているみたいな滑らかさだなあ」

相変わらず訳のわからないことを言いながら、ご機嫌な顔でケーキを食べている総帥の様子からは、その肚《はら》の内を読み取ることは出来なかった。

そうして翌日。私は複雑な気分のまま、総帥&お供の浚さんにくっついて精霊界の都庁へ向かった。

以前、都庁の宮殿は巨木と巨石のコラボだと総帥が言っていたけれど、そのとおりだった。穴だらけの大きな岩山に、四方から巨大な木が絡みつき、自然と出入り口や窓のようなものを作り出して、花や葉がそれを飾り立てている。その上、宮殿全体に色とりどりの精気の塊《かたまり》がふわふわと纏《まと》わりついてやわらかく光っている様は、ファンタジーアニメの世界さながらだった。

正面玄関に当たる場所にはきちんと立派な木の扉が作り付けられており、そこから中へ入ると、まるでお役所のように（都庁なんだから、お役所なんだろうけど！）たくさんの窓口が並び、スーツ姿の男女が大勢行き交っていてびっくりした。

「え……!?　え、あの人たちって……人間？　精霊？」

　目を丸くする私に総帥が教えてくれた。

「最近の都庁《ここ》の窓口職員は、ほとんどがOA機器の精霊だよ。なぜだか、パソコンやコピー機なんかの精霊は、人の姿を取ってこういう場所で働きたがるんだ。これも業《ごう》ってやつなのかねぇ？」

　精霊の都の都庁――。外観はファンタジーアニメ感満載だったのに、中に入ったら、ごく普通のサラリーマンやOLにしか見えない精霊たちが、書類を抱えて忙しなく働いているなんて、一気に夢から現実に叩き落とされた気分になる場所である。

「……って、そういえば総帥、私と手を繋《つな》がなくても精霊が見えてます？」

「都庁の中は特別な精気に満ちているからね。ここなら、よっぽど鈍感でない限り、誰でも普通に精霊の姿が見えるんだよ。いい場所だよねぇ」

「そうなんですか……」

　私は一度頷《うなず》いてから、首を傾《かし》げた。

「それにしても、この人たち電子機器の精霊なのに、仕事のオンライン化はしてないんですか？　抱えてる書類の量が半端ないですけど」

「この世界には電気がないからね。作業は全部アナログだよ。でもその代わり、日が昇ったら仕事が始まり、日が暮れたら終わるから、とってもホワイトな職場だよね」

「都庁の職員はみんな、元は表側の世界にいた精霊なんですか？　それだと、生活環境がかなり変わって、大変そうですけど」

「この世界の自然物から生まれた精霊もいるよ。都生まれの精霊はおっとりしていて、刻一刻と情報が書き足されてゆく精霊台帳を、じっとチェックする仕事をしてたりするけど」

「あー……それは精神力を試されそうな仕事ですね……」

そんな話をしながら窓口が並ぶ一角を通り過ぎると、急に人気《ひとけ》が少なくなった。この辺りは、カウンター式の窓口ではなくて個室が並んでいるからかもしれない。

と、廊下《ろうか》の向こうに見えた人影が、こちらに気づいて駆け寄ってきた。

「総師！　御足労《ごそくろう》をおかけして申し訳ありません」

そう言って総師に頭を下げた若い男性のやわらかい声音《こわね》に、聞き覚えがある気がして私ははっとした。もしかして――と思う私と男性の目が、はたと合う。

色が白くて柔和《にゅうわ》な顔立ちをしたその人は、総師よりも若そうで、大学生くらいの年齢に見えた（あまりビジネススーツが似合っているとは言えない！）。

「今日は、だりあちゃんを連れてきたんだ」

総帥に紹介されて、私も慌てて名乗った。

「あの、精霊探偵社でアルバイトをしている花森《はなもり》だりあです」

私がぺこりと頭を下げると、男性も同じように頭を下げた。

「あ――お世話になっております。都庁渉外部《しょうがいぶ》の竹生篠舞《たけおしのぶ》と申します」

やっぱり――タケオさんだ！

内心でポンと手を打つのと同時に、もらった名刺を見て『タケオ』が名字《みょうじ》だったことを初めて知り、妙に感動した。名字と名前がある精霊もいるんだ！

「竹に生まれると書いて、タケオさんだったんですね。実はちょっと、どういう字を書くのか気になっていて……」

「ああ――はい、僕は、その――竹の精霊なもので」

「なるほど」

ひょろっと細身で、優しい顔立ちをした竹生さんは、そう言われると確かに竹っぽい。

ますます名前の字面《じづら》に納得して私は頷いた。

一方で竹生さんの方は、視線が妙に定まらず、何か戸惑っている様子だった。日頃、電話口で竹生さんを戸惑わせてばかりの私としては、自分がまた何かしてしまったのかと焦りかけたけれど、それを確認する前に竹生さんは平静を取り戻し、廊下の先へ私たちを促した。

「どうぞ、長がお待ちです」

そうだった、私たちは別に都庁見学に来たわけじゃない。こんなところで立ち話をしている場合ではなかった。竹生さんに案内されるまま、私たちは歩き出した。

――あ。もしかして竹生さん、都庁に来るのが初めてな私を、先にいろいろ見学させてあげた方がいいのかな……とか思って、段取りに戸惑ってたのかな。

そんな風に思い当たったものの、確かめることも出来ないまま、大きな白木の扉がある部屋に辿《たど》り着いた。

そこは、綺麗《きれい》な布を垂らした壁にぐるりと囲まれた広い部屋で、書類が山積みにされた机の向こうに、真っ白な髪を結い上げた和服姿のおばあさんが座っていた。

「――ああ、来たね」

と言って頷いたおばあさんは、背筋はしゃんとしているけれど、声のしわがれ具合や肌の皺《しわ》から、かなりの高齢だとわかる。今の精霊の都の長は、古い楠の精霊だと総師が言っていた。このおばあさんが――？

「今日はいつものお供の他に、可愛《かわい》いお供も連れているね、総師」

「うちの期待の新人、だりあちゃんですよ」

「花森だりあです。よろしくお願いします！」

精霊の長に何をどうよろしくしてもらいたいのか、自分でもよくわからないけれど、私は反射的にそう挨拶《あいさつ》していた。

長は皺だらけの顔で「はいよろしくね」と言ってにっこり笑い、その傍《かたわ》らでは竹生さんが控えめにこちらの様子を窺《うかが》っている。私が何か、長を相手に粗相《そそう》でもしないかと心配しているのだろうか。

違うんです、竹生さんを電話口で戸惑わせてしまうことが多いのは、たまたまいつもタイミングが悪いだけで、私は別にハチャメチャな女の子というわけじゃないんです——という言い訳を口には出せないまま、続き間の応接室へ移動することになった。

先日の金木犀《きんもくせい》の精霊が起こした事件について、改めて詳細を話すと、その後の対外的な始末を知りたいのだと長は言った。今回は精霊が大勢の人間に危害を加えてしまったが、きちんと後始末は出来たのか——と。それに対し、総帥はあっさりと答えた。

「普段通り、事の始末に理屈なんて何も付けていませんよ。集団失神事件は、結局原因不明のまま幕引きです。問題の精霊が消滅したことで事件自体は収まったし、今回のパターンはわざわざ犯人を作り上げる必要もない。被害者には何らかの形でお詫びを受け取ってもらえるよう手配して、これ以上しつこい報道がなされないようにも手を打ったので、世間の話題はすぐに他へ移りますよ」

総師の話を隣で聞いていて、さらりと怖いことを言っているな――と私は苦笑した。

この人、一体何者なんだろう。警察に顔が利《き》くどころの話じゃない。報道関係にも圧力をかけられて、被害者には迷惑料を押しつけて黙らせるなんて、精霊にとっては心強い味方だけど、人間側から見たら限りなく悪役に近い人物のような気がする。

こんな人のところで働いていていいのかな――と今さら不安になった時、総師が明るい口調で話題を変えた。

「そういえば、もうすぐ都の秋祭りですね、今年の屋台は決まりましたか？　表の世界みたいなファストフードのお店なんてどうかなあ。あと、カップ麺の食べ比べとか。一度、そういうのを食べてみたいと思ってるんですよねぇ」

総師の言葉に長が答える前に、浚さんが口を挟んだ。

「駄目です。私の目が黒いうちは、断じてあなたにそのようなものを召し上がらせるわけにはまいりません」

「いいじゃないか、みんな普通に食べてるんだろう？　ねえ、だりあちゃん」

話をこっちに振られて、私は口籠《くちごも》った。

迂闊《うかつ》に総師の味方をすれば、浚さんに「慮外者《りょがいもの》！」と一喝《いっかつ》されるのは明白。私が何も言えないでいると、長がのんびりと答える。

「私も、カップ麵というのは興味があるねぇ。あと、レンジでチン、というのも一度やってみたいねぇ。こっちの世界に電気さえあればねぇ」

「レンジでチン！　それは僕もかねてから興味津々《しんしん》で。作り置きの料理を温めるということですよね？　レンジのタイマーを触ってみる、というのが僕のささやかな夢ですよ」

……何、この浮世離れした会話……。

浚さんに阻《はば》まれてキッチンへ入れてもらえないばっかりに、総帥にとって電子レンジがタイムマシーン並みの壮大な神秘の機械と化している……。

「ねえ浚、レンジでチンくらい、子供だって出来ることだろう？　今度一度――」

「駄目です！　よそはよそ！　うちはうちです！」

お母さんだ……。

私はあんまり我がままを言わない子供だったから、母にこんな風に叱《しか》られたことはないけれど、浚さんは本当にステレオタイプのお母さんである。

浚さんのお母さんっぽいところを見る度《たび》に、私は自分と母親との関係に思いを致さずにいられない。そして、ひとりで悶々《もんもん》と悩んでいることをきちんと話し合わなければならないと思うのだけれど、なまじ今はこうして離れて暮らしているからこそ、改まってその機会を設けるのが難しい――。

2

それから数日後。次の事件が飛び込んできた。

総帥と浚さんが書庫に籠っている時、速水《はやみ》さんが顔を出したので、例によってティーバッグのお茶を淹《い》れようとしていると、

「総帥、救けて――!」

と叫びながらひとりの女性が駆け込んできたのだ。

齢《とし》の頃は三十代後半くらい、くたびれたカーキ色のカーディガンにサンダルというものすごい普段着で、顔にもほとんど化粧気《けしょうけ》がない。初めて見る人だったし、そもそも玄関のノッカーも叩かずに勝手に入ってきた人は初めてで、びっくりしていると、速水さんがその女性を見て口を開いた。

「あれっ? 薔子《しょうこ》先生、どうしたの」

ショウコ先生? 何者?

きょとんとしている私に、速水さんが女性を紹介してくれた。

「ここの四階に事務所を構える、人気漫画家の東城《とうじょう》薔子先生だよ」

――漫画家!?

画家や刑事さんに引き続き、また生で見るのは初めての職種の人だ。ビルの案内板で、四階にはいくつかの事務所が入っていることは知っていたけれど、そのうちのひとつが漫画家さんの仕事場だとは知らなかった。

思いがけない職業の人の登場で私が不思議な感動を覚えている間に、速水さんと東城薔子先生が親しげに会話していた。

「ねぇ清雅《せいが》くん、この子は？」

「バイトの花森だりあちゃんだよ。総帥お気に入りの、期待の新人なんだ」

「花森？」

「うん、ビル《ここ》のオーナーの曾孫《ひまご》さんだよ」

「へぇえ……」

東城薔子先生はまるで珍しいものでも見つけたように私をまじまじと見た。そして質問してくる。

「あなた、漫画は読む方？」

「え、えっと――読みますけど、友達から借りたり、ネットでちょっと時間潰しに読むくらいで——あんまり詳しくはないです。すみません」

だから、東城薔子先生という名前も今初めて知った。知ったかぶりしてもしょうがないので俯《うつむ》きながら正直に答えると、からからと明るく笑われた。

「そんな申し訳なさそうな顔しなくっていいわよ。何も日本中の人が自分の漫画を知ってるなんて自惚《うぬぼ》れてやしないから。いいのよ。私のことは名前で呼んでね。『東城薔子』はペンネームだけど、下の名前は本名も『ショウコ』だから」

「は、はあ……」

名前で呼んでも何も、そもそもこの人は何をしにここへ来たんだろう？　総師に用？

私と同じ疑問を速水さんも持ったらしく、私より先にそこを突っ込んだ。

「でも薔子先生、総師に救けを求めるなんてどうしたの？　僕ならともかく、総師に原稿を手伝うスキルはないと思うけど？」

そう言ってから、私に対して補足情報をくれた。

「僕、時々薔子先生の原稿を手伝ってるんだよ」

それを聞いて私はちょっと感心してしまった。五階では家の画廊《がろう》を手伝い、四階では漫画家を手伝い、三階では探偵社の手伝いをし——何気に速水さんって、働き者なのかもしれない？　風体《ふうてい》は時代劇の遊び人っぽいのに。

一方で薔子先生が苦笑して答えた。

「今回は、総帥の助けが必要なのよ。精霊絡みの問題だから」

「え――」

本当に総帥に用事？　この人、精霊の存在を知ってるの？

「総帥、今いるの？」

「あっ、書庫にいるので、呼んできます！」

私は慌てて書庫へ駆け込み、総帥を連れてきた。総帥は薔子先生を見て明るく挨拶《あいさつ》する。

「やあやあ、薔子さん。どうしました？」

私が用意しかけていたティーバッグのお茶を片づけ、浚さんがキッチンでちゃんとしたお茶を淹れてくる。そうして薔子先生の話を聞くことになった。

「家出した精霊を捜して欲しいのよ」

まず、一言目に薔子先生はそう言った。

迷子の精霊を捜して欲しいという依頼は都庁からよくもらうけれど、家出とは？　前回の、金木犀の精霊が行方《ゆくえ》不明になったみたいな話？

また大掛かりな事件になったら大変だ、と私は少し緊張して話の続きを待った。

薔子先生は、初対面である私への自己紹介を兼ねて経緯《いきさつ》を説明し始めた。それによると、この欅《けやき》区出身・在住の東城薔子先生は今年で漫画家歴二十年。デビュー作が人気を得て、そのシリーズをライフワークに据えながら漫画を描いている。欅第一《こ》ビル《こ》の四階に仕事場を借りたのは、三年ほど前。それからしばらくして、仕事場に突然、見知らぬ青年が現れた。それはまるで、漫画のキャラが人間になったような姿をしていて、彼自身、自分は作品に宿る精霊だと名乗った。

「ええっ、漫画に精霊が……!?」

話の途中で、つい私は大きな声を上げてしまった。話の腰を折られた薔子先生は、怒るでもなく頷《うなず》いた。

「そうよねー。作品に精霊が宿るなんて、そんな馬鹿なって思うわよね。もちろん私だってそう思った。連日の徹夜で妙な方向に感覚が研《と》ぎ澄まされて、第三の目が覚醒《かくせい》しちゃったのか？　って本気で思ったわよ」

いいえ、そういう発想もちょっと普通ではない気がしますが……。というツッコミを私は呑《の》み込んだ。

「でも、その時の私は締め切りに追われて切羽詰《せっぱつ》まってて、猫の手も借りたい状態だったわけよ。精霊といっても人の姿をしていて、猫の手よりは役に立ちそうだったし、すっかり開き直って『本当に作品に宿った精霊だというなら、原稿くらい手伝えるわよね？』と言ってみたら、本当に手伝ってくれたの。綺麗《きれい》に仕上げ作業をしてくれたわ」

「ええ〜……」

「私の作業部屋と、アシスタントの作業部屋は別々になってるのね。他のアシスタントには彼の姿は見えていないことがわかったし、私の部屋で彼に作業を手伝ってもらう分には、誰にも不審に思われない。——もうその時は、連載の忙しさで細かいことには頭が回らなくて、とにかく彼が原稿の役に立ってくれるということを優先させて、そのエピソードの連載が終わるまでずっと手伝ってもらっていたの。——で、連載が終わって一段落というところで、改めて、これはおかしい！　精霊って何!?　と思ったわけよ」

随分《ずいぶん》長いこと、素直に状況を受け入れてたんですね……。というツッコミも呑み込んだ。

「それで、精霊といえば、下の階に精霊探偵社とかいう不思議な会社があったな——と思い出して、相談に来たら、この人が精霊についていろいろ教えてくれたのよ」

薔子先生に指を差された総師が、説明の続きを引き取った。

「この土地は《精霊指定都市》。しかもこのビルはその中でも特に精霊の力が強く現れやすい場所に建っているから、よほど熱狂的な愛を寄せられれば、創作作品に精霊が宿るということもあり得る話なんだよ」

「薔子先生のファンはすごいもんねー。先生の仕事場でファンレターやプレゼントの山を初めて見た時はびっくりしたよ。キャラの好物だとか愛用品だとかで、高級食品やブランド品がどっさり！　バブル期再来かと思っちゃったよ。舞台になった場所への聖地巡礼も盛んなんでしょ？　羨《うらや》ましいよねー。それくらいのレベルになれば、僕のところにも精霊が現れたりするのかなあ」

速水さんが本気で羨ましそうな顔で言う。私はといえば、総師や速水さんの言い方に引っかかるものがあって、手を挙げて確認した。

「あの――それって、原稿や漫画の本に精霊が宿るんじゃなくて、作品そのものに精霊が宿った、という話をしてます？」

総師が「そうだよ」とあっさり頷く。

「いくら精霊の力が強い《精霊指定都市》でも、無形の物にも精霊が宿るんですか!?」

「人間は、利己的な行動から精霊の居場所を奪うこともあれば、その情の強さでもって、無から精霊を生み出すことも出来るんだよ」

「……」

総師が今まで何度も、「人間は情の強い生きものだ」と繰り返していたのって、こういう現象も起こり得ることを示唆《しさ》していたのか。

まだまだ精霊という存在は自分の理解を超えるものだと思い知り、私はため息をついてソファに寄り掛かった。そして薔子先生は話を続ける。

「まあとにかく、作品に精霊が宿ったというのは現実のことだとわかって、じゃあその精霊をどうしようって話になった時――総帥は、邪魔なら精霊界へ送り届けると言ってくれたけど、考えてみたら別に邪魔じゃないのよね。仕事の役に立ってくれるし、身の回りの世話もしてくれるし、誰の迷惑になるわけでなし。自宅ならダンナもいるからちょっとアレだけど、仕事場なら別にねぇ。なーんだ、このままでも構わないじゃん、ってことで、それからずっと仕事部屋に精霊を住まわせてたんだけど」

うーん、まさか上の階の一室に、漫画作品に宿った精霊が暮らしているとは夢にも思わなかった――と苦笑交じりに感心してから、そもそも薔子先生がここへ駆け込んできた理由を思い出して身を乗り出す。

「あの――もしかして、家出した精霊って、その漫画の精霊ですか？」

私の問いに、薔子先生は悄然《しょうぜん》と頷いた。

「レアは――あ、シリーズの主人公の名前を取って、その精霊もレアって呼んでるんだけどね……」

「僕は見たことないけど、玲亜《レア》とそっくりの顔してる精霊なんでしょ？　そうだ、書庫に薔子先生の漫画あったよね？　持ってくるよ！」

速水さんが書庫へ走り、山積みの漫画を抱えて戻ってきた。しょっちゅう総帥が籠《こも》っているあの部屋に、漫画もあったなんて知らなかった……（まさかいつも漫画読んでるんじゃないよね？）。

テーブルの上にドンと積まれた漫画の、一番上の一冊を私は手に取ってみた。薔子先生の代表作は『レア・ケース』というシリーズ名で、既刊が何十冊も出ているようだった。

「簡単に説明するとね——」

速水さんが表紙のキャラをあれこれ指しながら、大まかなあらすじを教えてくれた。

主人公の美青年・玲亜は探偵で、ちょっとした拍子にタイムトリップしてしまうという不思議な体質の持ち主。そのせいで、仕事の途中でどこかの国のどこかの時代へ飛んでしまい、依頼を完了出来ないことが多い。その代わり、タイムトリップした先でいろんな事件に遭遇《そうぐう》し、それを解決することになる。

初めの頃は読み切りシリーズだったのが、人気を得るにつれ、ひとつの事件を単行本数冊がかりで連載するようになった。エピソードには、コミカルな事件もあれば猟奇《りょうき》的な事件もあり、レギュラー・ゲスト共に登場人物も多彩で、事件ごとに主人公・玲亜の様々な面が見えてくるのもファンには嬉しいらしい。

中をパラパラ見る限り、私が普段友達に借りて読むような学園ラブコメ漫画とは雰囲気《ふんいき》がまったく違う。全体的に描き込みが細かくて画面が黒っぽく見え、ちょっとマニア向けかな、という感じ。ただ、絵は綺麗だし、一ページ一ページから独特な空気感が漂い、熱狂的な固定ファンが付くのもわかる気がした。

「──で、この姿をした精霊のレアさんが、家出をしてしまった、と──？」

私は表紙の主人公を指しながら確認した。

「一体、何があったんですか？」

「くだらないといえばくだらないことなのよ──」

薔子先生は苦い顔で言う。

「実はね、私もそろそろ原稿作業をデジタルに移行しようと思っていて」

「え……？」

漫画に詳しくない私が首を傾《かし》げると、薔子先生が補足してくれた。

「つまり、原稿用紙にインクで絵を描くアナログ方式から、パソコンやタブレットを使って描くデジタル方式に変える──って言ったらわかる？」

「あぁ、はい、なんとなく」

「それで、ソフトの検討《けんとう》とかしながらいろいろ調べてたら、レアにバレちゃって。あの子、電化製品に滅茶苦茶《めちゃくちゃ》弱いのよ。テレビの録画を頼んでおいても失敗するくらい。パソコンなんて到底使えそうにないわ」

　精霊の都のアナログ具合を見てきたばかりの私としては、納得して頷《うなず》いてしまった。

「作業を全部デジタルに変えたら、もう自分は手伝えなくなるじゃないか——ってあの子怒り出しちゃって、でもこっちとしてもデジタル入稿の方がいろいろ便利なことも多いし、これも時代の流れよって言ってもわかってくれなくて」

「え……それで……？　まさか」

「そう。レアは原稿作業のデジタル化に抗議して、拗《す》ねて家出しちゃったの」

「——……」

　同情していいのか笑うところなのか、私は複雑な気持ちで口を噤《つぐ》んだ。漫画家と、作品に宿った精霊が、そんなことで喧嘩《けんか》するなんて。しかもそれで精霊が家出するなんて！

「それが昨日のことでね、一晩経っても帰って来ないから、近くを捜してみたんだけど、見つからなくって。あの子、仕事場から外へ出たことがないし、広い街の中でパニックを起こして迷子になってるんじゃないかと心配で——」

　そんな、室内飼いのペットが脱走したみたいな言い方——。私は苦笑した。

「それにね、レアは私の創作ノートを抱えて飛び出したのよ。あれがないと次の連載の準備も進まないし、ノートも含めて一刻も早くレアを見つけて欲しいの！」

3

薔子先生の依頼を受けた私たちは、早速、漫画作品『レア・ケース』の精霊・レアさんの捜索に取り掛かった。姿は見たことがないものの、同じ仕事場でアシスタントをした誼《よしみ》でレアさんの気配を知っているという速水さんも付き合ってくれることになった。

「拗ねて飛び出しただけで、しかも普段は仕事場に引き籠り状態の精霊なら、あんまり遠くには行っていないと思うよ。改めて、近くを歩いて捜してみようか」

総師がそう言うと、とりあえず車は使わないということで、留守番になった浚さんは夕食の仕込みを始めた。

「ノートを抱えているなら、それが目印にならないでしょうか？　ていうか、精霊の姿は普通の人には見えないんですから、ノートだけがふわふわ浮いて見えるとか？　そんなおかしな現象が起きてたら、騒ぎになってすぐ見つかる気がしますけど」

私の質問に総師が答えた。

「精霊が何か物を持った場合は、それも精気に包まれてしまうから、やっぱり普通の人の目には見えなくなっちゃうんだよ」

「そうなんですか……じゃあ目印にはならないかな」

「ねえねえ、薔子先生から指名手配書をもらってきたよ！」

じゃーん、と速水さんが広げてみせたのは、雑誌の付録らしいカラーポスター。漫画の主人公・玲亜が気障《きざ》なポーズで立っている絵である。

「これをその辺にいる精霊に片っ端《かたぱし》から見せて、情報を集めよう！」

私も最近は時間を見つけては巡回チャレンジをしているので、近所の精霊の中に顔見知りも増えてきた。郵便ポストの精霊やガードレールの精霊にポスターを見せて、こういう姿の精霊を見かけなかったかと訊いてみるけれど、ふと我に返ると、変人以外の何物でもない行為である。

一応、私の変人行為が目立たないように総帥と速水さんが脇から私をガードしてくれているものの、そもそもこのふたりのコンビが赤いスーツと着流しで目立つ人たちなので、ガードの役に立っているのかどうか……。却《かえ》って人の視線を集めてしまっているような気もしつつ、頑張って聞き込みを続ける。そして、

『こういう姿の、って——絵が歩いてるのかい？　そんな精霊は見たことがないなあ』

バス停のベンチの精霊にそう訊き返された時には、私も一緒に首を傾げてしまった。

確かに、漫画の主人公の姿を取った精霊って、具体的にどういうものなんだろう？　アニメみたいに絵が動いているわけでもないだろうし、どういう感じの精霊なんだろう。想像がつかなくて唸《うな》っていると、不意に横から総帥が私の腕を引いた。

「だりあちゃん、だりあちゃん」

「え、それらしい精霊の気配を見つけました？」

「ううん、そうじゃなくて、ちょっと小腹も空いたし、そこで休憩しない？」

総帥が指を差したのは、バス停から少し先に見える大手ファストフードチェーンのハンバーガーショップ。――まさか、と私は総帥の彫刻じみた貌《かお》を見上げた。

「ああいうお店に入ってみたくて、浚さんを留守番にして出てきたんですか？」

「でもお金を持たせてもらえなかったから、だりあちゃん奢《おご》ってよ」

「イヤですよ！　そこまで浚さんに警戒されてるのに、こっそりああいうものを総帥に食べさせたなんて知られたら、私の生命《いのち》が危ないです……！」

この間、浚さんが巨大な骨付きのブロック肉を手際良く処理しているのを見かけたのだ。

その時、私はこの人には逆らうまいと心に決めた。

――だって浚さんなら、私を人知れず手際良く葬《ほうむ》り去ることなんて朝飯前だもの……！

「うーん、確かに浚はあんまり敵に回したくないよねぇ……」

速水さんも頭を掻《か》きながらつぶやく。

「そんなの、ふたりが浚に言わなきゃわからないよ」

「至るところに精霊の目撃者がいるじゃないですか！　そこからいつどんな手段で浚さんの耳に入るかわかったものじゃありませんよ。ほら、夕ごはんの前に余計なものを食べたら叱《しか》られるし、行きますよ！」

ハンバーガーが食べたいなら、浚さんに言えば立派なものを作ってもらえるだろうけれど、総師が食べたいのがそういうものではないことはわかっている。でも、私にはどうしてやることも出来ない。とにかく総師がスマホ決済の可能性に気づく前に（そういうところ、疎《うと》いお坊ちゃまでよかった！）、早くこの場を立ち去ろうと急《せ》かしていると、ベンチの横に立っている街灯の精霊から声をかけられた。

『ねえねえ。そういえば、朝方に人の姿をした精霊を見かけたよ。その絵みたいな顔をしてたかはわからないけど』

「本当!?」

手がかり発見かと、私は勢い込んで、まだ灯りの点いていない街灯を見上げた。

『若い男の人の姿で、何か本みたいなものを抱えてた。しばらくこの辺をふらふらしてて、そのあと、通りの向こうの方へ歩いて行ったよ』

「ありがとう。じゃあ向こうの方を捜してみます。――さあ、総師も行きますよ！」

ファストフードのハンバーガーに未練たらたらの総師を引っ張り、バス停を離れる。どういう連鎖反応なのか、精霊のひとりが目撃情報をくれると、続けて他の精霊たちもレアさんらしい精霊を見かけたと言い出した。

ひとつ興味深かったのは、精霊はあまり『顔』というものを気にしていないらしいことだった。若い男性の姿をした精霊を捜している、と訊ねれば「ああ、そういえば」と情報をくれるけれど、ポスターを見せて「こういう顔の精霊を見なかった？」と訊ねても、反応が薄いのだ。顔の造作をいちいち気にするのは、人間だけなのかもしれない。

ともあれ、目撃情報を辿《たど》ってゆくうち、見えてきたのは紅葉川公園だった。もしかして――と私は総師と顔を見合わせた。

公園の中、車道側とは反対の川沿いには数本の紅葉が植えられている。紅葉川夫人の宿る大きな紅葉の木を目指すと、そこにひとりの青年が佇《たたず》んでいるのが見えた。

『あら、ちょうどよかったわ。今、総師のところに連絡しようと思ってたところよ。この子、家出してきたんですって』

紅葉川夫人が保護してくれていたのは、確かに『レア・ケース』シリーズの精霊・レアさんだった。

漫画の主人公の姿を取ったという精霊を目の前にして、ポスターと彼を見比べながら、私の胸にはただただ感心と納得しかなかった。

絵ではなくてちゃんと三次元の人間の姿なのだけれど、洗いざらしのシャツ、長い前髪、描き込み過多でくどいほど綺麗《きれい》な顔立ち——薔子先生の絵が元になっていることは明らかな容姿だった。絵柄の再現度一〇〇％。すごく不思議ですごく納得。

私と手を繋《つな》いでいる総帥にもレアさんの姿は見えているはずだけれど、見えない速水さんだけが拗《す》ねている。

「僕も美青年の漫画の精霊を見たいよぅ〜」

とりあえず速水さんは無視して、レアさんに声をかけてみる。

「あの……薔子先生が心配しています。一緒に帰りませんか？」

『……やだ』

レアさんはプンと横を向いて短く答える。その駄々っ子みたいな風情《ふぜい》が、絵に描いたような美青年ぶり（絵が元なんだけど！）と不似合いで、言うことを聞かない我がままな猫をちょっと彷彿《ほうふつ》させた。薔子先生が、まるで脱走したペットみたいな心配の仕方をしていたのにも納得してしまう。

『どうせ、薔子先生にはもう僕は必要ないんだ。要らない子なんだから帰らない』

図体《ずうたい》は大きいけれど、まるっきり子供だ。ノートの束をぎゅっと抱えて、レアさんは紅葉の木の陰に隠れる。それを見て私は総師にささやいた。

（これ、薔子先生に来てもらわないと埒《らち》が明かないですよ）

総師は頷いて、スマホを取り出すと薔子先生に連絡した。しばらくして薔子先生が駆けつけてくると、レアさんはもっと猫みたいになってしまった。膝の上へ呼んでも呼んでも来てくれないタイプの猫。

いくら猫なで声でレアさんをあやそうとしても効果がないので、薔子先生は仕方がないとばかりに大きなため息をついて言った。

「……わかったわよ。じゃあ、とりあえずデジタル移行は保留にするから。今すぐ切り替えることはしないから、今日のところは一緒に帰りましょう。ね？」

『……薔子先生は、まだ僕のことが必要？』

「必要だから迎えに来たんでしょう。もう、あんたがいないと仕事にならないのよ。忙しい時にいちいち指定しなくても、私のイメージどおりに原稿を仕上げてくれるのはあんただけなんだから」

『そうだよ。僕が一番薔子先生の漫画をわかってるんだよ。機械なんか使わなくたって、僕がいるんだから大丈夫だよ』

「うんうん、そうね。だからもう帰ろう」

薔子さんに頭を撫《な》でられたレアさんが頷く。やっと説得が成功したようで、私もほっと胸を撫で下ろした。

でも、自分の作品が美青年に擬人化して、こんな風に拗ねられたり甘えられたりするのって、どういう気分なんだろう。初めに話を聞いた時は、旦那《だんな》さんに隠れて美青年を囲ってる感じなのかな、なんて下世話なイメージが強かったけれど、これはそんな愛人っぽい関係ではなく、甘えん坊な子供の世話をしているような感じだ。

「作品は自分の子供だなんて言うからねぇ」

私の心を読んだかのように総師が言い、速水さんは「僕だけ仲間外れ～」とまだ拗ねている。

『……ごめんね、薔子先生。これ、返す』

レアさんが殊勝《しゅしょう》に謝り、抱えていた創作ノートの束を薔子先生に差し出した。それを受け取ろうとした薔子先生が、手を滑らせ、何冊かが足元に落ちた。

「あっ」

咄嗟《とっさ》に私も屈んで、草の上を滑ってきたノートを一冊拾い上げた。表紙書きの文字が何気なく目に入る。

そこには『花守家騒動《はなもりけ》』と書かれていた。

その五文字を見た途端、どくん、と心臓が大きく跳ねた。続けて激しい目眩《めまい》に襲われ、目の前が暗くなっていったのだった。

4

紅葉川公園で倒れて以来、私の絶不調は続いていた。

最近は、少しくらいならひとりで外へ出られるようになっていたというのに、すっかり前の状態に戻ってしまい、室内で総帥からもらったチョーカーを着けていてさえ、精霊が見え過ぎて神経が休まらない。

紅葉川夫人から頻繁《ひんぱん》に心配の電話がかかってくるけれど、それに応えるのも辛《つら》い。一体、自分の身に何が起きたのか、総帥に訊ねてみても、

「最近、だりあちゃんはいろいろ張り切っていたし、疲れが溜まってたんじゃないのかな。無理はしないで、しばらくゆっくりしていたらいいよ。あんまり辛いなら、ずっとここにいてもいいけど？」

と腕を広げて言われるだけで、私としては釈然としない。

――疲れ？　本当に？

気になるのは、薔子先生の創作ノートだった。あれを見た途端、自分の中の何かが激しい衝撃を受けたのだ。あの時は、そのせいで倒れたのだと思う。でも、何がそんなに衝撃だったのか、自分でもわからない。

あのノートをもう一度見たい。そうしたら、何かわかるかもしれない、と思った。

「――あの……休憩をもらえるなら、ちょっと薔子先生のところへ行ってきてもいいですか？　気になることがあって――」

総帥に断って、私は四階にある薔子先生の仕事場を訪ねてみた。

玄関のチャイムを押すと、インターホンに薔子先生が出て、中へ入れてくれた。仕事場といっても、居間とキッチンといくつかの部屋がある、普通の家のような感じだった。

「今は次の連載準備期間で、レア以外《このこ》のスタッフはいないの」

他の人がいないので、レアさんは普通に薔子先生の作業部屋以外にも出入りしていて、私にお茶を淹《い》れてくれた。

「薔子先生は、原稿を描く仕事がない時もここで暮らしてるんですか？」

生活感のある居間を控えめに見渡すと、やっぱりあらゆる物に精霊が見え過ぎて辛い。

「まあ、この子もいるし、お話を考えるのも仕事だからね。漫画ってね、絵を描くことより、ストーリーを組み立てる方に時間がかかったりもするのよ」
「ストーリー……」
私は少し口籠《くちごも》ったあと、思い切って言った。
「あの――この間の薔子先生の創作ノートなんですけど、ちょっと見せていただくことと
かって――出来ないでしょうか……？」
物を書く人にとって、創作ノートなんて大切な企業秘密だろうし、私としてはかなり勇
気を振り絞《しぼ》った図々《ずうずう》しいお願いだったのだけれど、薔子先生はあっさり頷いた。
「いいわよ。――どれを見たいの？」
居間のテーブルにノートをずらりと並べられて、私は却って面喰らってしまった。
「……いいんですか、見ても……？」
「見たいと言ったのはだりあちゃんでしょう？」
薔子先生はやはりあっけらかんと言う。そういえば、薔子先生は突然訪ねてきた私に来
意を訊ねなかったのだ。初めから、私が創作ノートを見せて欲しいと言い出すのがわかっ
ていたのだろうか？
不思議な薔子先生の対応が気になったけれど、体調絶不調の今の私には、それを深く考
える余裕はなかった。とにかく目の前にあるノートに手を伸ばす。

「じゃあ、これを――ちょっと見せてください」

『花守家騒動』と題されたノートは、並べられたノートの中で一番年季の入ったものだった。表紙の厚紙部分はやわらかくなって傷も多く、ノート全体の角も丸くなって、相当使い込まれているようだ。

「ああ、それね――。それは、正確に言うと私の創作ノートじゃないのよ」

「え？」

ノートを手に持ったまま、私は薔子先生を見つめ返した。

「それはね、去年亡くなった私の祖母が遺したものなの。うちの祖母は、若い頃は小説家志望だったらしくて、老いてなお創作的妄想力も豊かでね。私の漫画に一番厳しいダメ出しをする人でもあったわ」

「おばあさんの……」

「そのノートは、この土地に伝わる昔の噂話《うわさばなし》『花守家騒動』に想を得て、小説のアイディアをあれこれ書き溜めたものらしいわ。形見分けで私が譲《ゆず》り受けたんだけど、中を読んだら面白くて、次の『レア・ケース』の連載用に使わせてもらおうと思ってるの」

次の連載用のネタ――。そんな大切なネタ帳を、部外者にあっさり見せてくれるなんて
――？

不審を深めながらも、私はおずおずと表紙を開き、中を読み始めた。

『花守家騒動』

この土地の旧家・花守家は、どんな病でも治してしまう不思議な花を咲かせる薬草を代々守り育てている一族だった。

それは明治時代中期のこと。当時の花守家には、病弱な長男・春哉《はるや》と、その美しい妹・桔子《ききょうこ》という兄妹がいた。

ある日、花守家の土地へ、東京の資産家の息子・黒田幸彦《くろだゆきひこ》が旅行で訪れた。洗練された都会の青年と恋仲になった桔子は、彼と結婚し、病弱な兄の代わりに花守家を継ぐことになった。

ところが、桔子と幸彦の婚約が調った途端、花守本家とその分家筋で不幸が続き、一族の人間が次々と病や事故で生命《いのち》を落としていった。

幸彦が実は資産家の息子などではなく、桔子をたぶらかして花守家を乗っ取ろうとしていた詐欺師《さぎし》だとわかった時には、花守家にはすでに春哉と桔子の兄妹しか残っていなかった。

幸彦に裏切られたことを知って絶望した桔子は、花守家の象徴たる花畑に火を放ち、炎の中で幸彦を道連れにして壮絶《そうぜつ》な死を遂《と》げた。

残されたのは病弱な長男・春哉のみで、花守家はここで断絶するかに思われたが、この騒動後、春哉は奇跡の回復を見せて健康体になった。伝来の花畑を失ってしまったことから名を花守から花森に変え、残された資産を運用して家をさらに栄えさせたという――。

しかしここに、ひとつの噂がささやかれる。

廃嫡《はいちゃく》扱いされるほど病弱だった春哉が、突然健康になったのはあまりに不自然。実は詐欺師・幸彦の背後には別の黒幕がいたのでは？　本物の春哉は疾《と》うに死んでいるのでは？　黒幕は春哉にそっくりな顔をした男で、春哉に成り代わって花守家を乗っ取ったのでは？　名を花守から花森へと字を変えてしまったのも、本当の花守の血筋ではないからなのでは――。


物語は、どこの馬の骨ともわからぬ男にまんまと乗っ取られた花守家の悲劇――という救われない終わり方になる構想のようだった。

私がなんとも遣《や》り切れない思いでノートを閉じると、薔子先生が声をかけてきた。

「――どう？　真偽不明の噂話なんだけど、だりあちゃんが聞いてるご先祖の話と、違ってるところや合ってるところがあったら、教えてくれると嬉しいなーって」

「……」

あっさりノートを見せてくれた理由がわかった。これは取材の一環なのだ。薔子先生と探偵社で初めて会った時、私の名前を聞いて、まじまじと見つめられたことを思い出した。あの時から、私は取材対象として目を付けられていたのだろうか。

「まあね、ちょっと物騒でデリケートな話だし、こういうことを子孫の女の子にいきなり根掘《ねほ》り葉掘《はほ》り訊くのも失礼だしと思ってたんだけど、だりあちゃんの方から興味を持って来られたなら、話を聞かせてもらうのも許されるかなーって」

悪怯《わるび》れもせずに笑ってみせる薔子先生に、さすが人気漫画家の強靭《きょうじん》な神経——と感心した。こうなると、あの時、薔子先生が私の前でノートを落としたことすら、わざとだったのかもしれないと勘繰《かんぐ》りたくなる。

「私は——東京生まれの東京育ちで、母方の実家の花森家のことはよく知りません。こんな噂話も初耳です。これは、本当にこの土地に伝わってる話なんですか……？」

逆に訊ね返す私に、薔子先生は頷《うなず》いた。

「今もこの土地では有数の資産家である花森家だけど、かつて一族に不幸が続いて断絶の危機があったこと、昔は花を守ると書いて『花守』という名字《みょうじ》だったことは、事実みたいよ。高齢の人の中には今でも『花守家騒動』の噂話を覚えている人は多くて、うちの祖母も若い頃にそれを聞いて、地元の旧家を舞台にした悲劇の物語に妄想を逞《たくま》しくした結果、このノートが出来上がったということね」

「――……」

自分の先祖の話を、どうして他人から聞かされているのか、不思議な気分だった。私は元々、母の実家があるこの土地にはそう頻繁《ひんぱん》に訪れることもなく、今の長期滞在はイレギュラーな状態と言える。だから正直、先祖のことでこんな物騒な噂話を聞かされても、現実味がないというか、他人事《ひとごと》みたいな『物語』にしか感じられない。

私は改めてノートに目を落とした。

――この創作ノートは、どこまでが真実で、どこからが想像なんだろう？

それを薔子先生も知りたくて、私から話を聞き出そうとしたのだろうけれど、子孫の私だってその答えを持ってはいない。

薔子先生のおばあさんは、当時の文化のことを結構調べていて、あちこちに明治時代についてのメモがある。その一方で、時代としてはもっと後に登場したものだけど、絵面《えづら》がいいからこういうネタも使っちゃおう、みたいなフィクション上等のアイディアも書き込まれている。

そう、これは飽くまで創作ノートであることを忘れてはいけないと思う。薔子先生のおばあさんの想像と妄想が多分に織り込まれている。

――でも、私は、『花守家』という文字を見ると、どうしてこんなに動悸《どうき》が激しくなるんだろう。

その理由を知っていそうな人物といったら――。

脳裏《のうり》に大ばあさまの顔が浮かんだ時、カーディガンのポケットでスマホが鳴り出した。

電話の着信画面には、『花森本家（大ばあさま・自宅）』と表示されていた。

このタイミングで――と驚きながら、薔子先生に断りを入れて電話に出ると、かけてきたのは大ばあさまではなかった。相手は屋敷のお手伝いさんで、大ばあさまが何者かに襲われて怪我《けが》をしたという連絡だった。

5

私が慌てて探偵社へ戻ると、そちらにも同じ連絡が入ったようで、出かけようとしていた総師と鉢合《はちあ》わせた。

浚さんの運転する車で大ばあさまの屋敷へ駆けつけると、小《ちい》ばあさまに出迎えられ、奥には刑事の南風《みなかぜ》さんと北山《きたやま》さんのコンビがいた。

「おう、総《そう》ちゃんにだりあちゃん。ご苦労さん。暴漢はすでに逮捕したから安心しな」

南風さんが説明するには、大ばあさまは仕事関係の相手との会食を済ませたあと、レストランを出たところで複数の暴漢に襲われたらしい。けれど、たまたま近くで別件の張り込みをしていた北山さんが騒ぎに気づき、三人いた暴漢をすべて投げ飛ばして身柄を確保したのだという。

「……本当に、生身の人間相手なら強いんですね……」

精霊にはからっきしなのに。感心する私に、北山さんははにかんだように微笑《ほほえ》んだ。武闘派なんだか可憐《かれん》なんだかわからない人である。

小ばあさまから丁寧《ていねい》に礼を言われた刑事コンビが帰って行ってから、私たちは大ばあさまの部屋に通された。

ベッドに寝かされていた大ばあさまは、私たちが来たのを見て身体《からだ》を起こした。

「あっ、無理しなくても！」

私が駆け寄って肩を止《と》めようとすると、大ばあさまは苦笑して頭《かぶり》を振った。

「ちょっと花壇《かだん》に尻餅《しりもち》をついただけで、どこも悪くなんかないんだよ。大事を取ってベッドに押し込まれただけなんだから」

「え、でも怪我をしたって――」

「最初はあたしもびっくりして、腰が抜けてたから、怪我をしたように見えたんだろうね。でもさっき医者に診《み》てもらったら、どこも怪我なんかしてなかったんだ。早とちりの連絡をしちゃって悪かったね」

「なんだ……よかった……」

私はほっとして、肩の力を抜いた。そのついでにちょっと目眩《めまい》を起こしたので、総師が手を繋《つな》いでくれた。心地を取り戻してから、大ばあさまに訊ねる。

「──でも、暴漢に襲われた、ってどういうこと？　犯人の目的は何？」

「それがねぇ……」

大ばあさまは憂鬱そうに説明した。

「花森家《うち》は、この欅区のど真ん中、街中《まちなか》の一等地に、畑にして遊ばせてる土地を持ってるんだ。そこを売って欲しいと言ってくる連中は多いんだけど、ちょっと事情があって、売るわけにはいかなくてねぇ。今回の暴漢は、最近しつこく土地を売れと喰い下がってきた開発会社に雇われたみたいだよ」

「花森家の仕事絡みのことなんだ……」

それじゃあ、一介《いっかい》の高校生である私に出来ることはない。力を落とす私に、大ばあさまが逆に心配そうな声をかけてくる。

「それより、だりあ――あんたこそ最近調子はどうなんだい？　さっきから、眉間《みけん》の皺《しわ》が深いようだけどね？」

「……」

最近は、どこにいても精霊からの刺激が強過ぎて、いくら気をつけようと思っても、眉間に皺が寄ってしまう。

「総師、あんたにだりあを預けたらなんとかなるかと思ったけど、買い被《かぶ》りだったのかねえ？」

矛先《ほこさき》が隣にいる総師に向いて、私は慌てて口を挟んだ。

「別に総師のせいじゃないの！　これは、ちょっとおかしな話を聞いたせいというか、文字を見たせいというか――」

「……？　どういうことだい？」

怪訝《けげん》そうな顔をする大ばあさまに、私は思い切って、さっき知ったばかりの話をぶつけてみることにした。

「大ばあさま――『花守家騒動』って噂話《うわさばなし》、知ってる？」

「……」

大ばあさまは口を噤《つぐ》み、小ばあさまと顔を見合わせた。

「だりあは、その話をどこで聞いたんだい？」

「ビルの四階に住んでる漫画家さんから――。おばあさんが遺《のこ》した創作ノートがそういうタイトルで、この土地の噂話を元にしたものだって――。偶然、そのノートを見てから、ずっと調子が悪くて……精霊が見え過ぎる状態が戻って来ちゃって」

私の説明に、大ばあさまはしばらく沈黙したあと、その噂が嘘だとも本当だとも答えないまま、抑揚のない声で言った。

「例の、花森家《うち》が誰にも売らないで守っている畑はね、元は薬草になる花が咲く畑だったんだ。でも一度、丸焼けになってから、何度種を蒔《ま》いても花が咲かない。何も実らない。それでも、うちはあの土地を売るわけにはいかないんだよ――」

「――……」

それは、その畑が、梗子さんが炎に包んだ花守家の花畑だから……？

花守家騒動は、本当にあった話なの……？

直接そう訊ねることが出来ず、私は大ばあさまに頼んだ。

「その畑――見に行ってもいい？」

6

畑の場所は総帥が知っているというので、連れて行ってもらうことにした。

浚さんの運転する車は本当に欅区のど真ん中を走り、ビルが立ち並ぶ一角で停まった。

そこから少し歩くと、突然目の前が開けて、柵《さく》に囲まれただだっ広い畑が見えた。

「――こんな場所があったなんて……」

ひとりで巡回チャレンジをしてはいても、地元の人に比べれば、私にはこの辺りの土地勘がまだまだない。こんなビルだらけの場所に、こんな広い空地があったなんて知らなかった。

畑は、畝《うね》は作られているようだけれど、何も植えられていない。確かに、こんな土地が遊んでいたら、欲しがる人は多いだろう。

「中に――入ってみてもいいですか？」

総帥が大ばあさまから柵の鍵《かぎ》を預かってきたのを知っている。顔を見上げて頼むと、総帥は少し悪戯《いたずら》っぽく笑った。

「実は、僕もこの中に入るのは初めてなんだよ」

柵をぐるりと回って出入り口になっている場所を探し、鍵を開けて中へ入った。

足が、やわらかい土を踏んだ。その瞬間——

「！」

頭の中がぐわんと揺れ、目の前がぐにゃりと歪んだ。

平衡感覚がなくなり、立っていられなくなって総帥の腕にしがみついた。そうして浚さんに睨《にら》まれたところまでは、まだ意識がはっきりしていた。けれどそのあと、自分の身体の中を掻《か》き回すように何かが暴れ始めたあたりからは、現実なのか夢なのかがわからなくなった。

皮膚《ひふ》の下、骨の内側で、強い圧力のある何かが暴れている。

全身が揺さぶられ、目を開けていられず、総帥に抱き留められているのか、宙に浮かんでいるのか、判然としない。

身体の中が洗濯機《せんたくき》になったような感覚に翻弄《ほんろう》されていると、やがて、私の内側を掻き回すものがひとつではないことがわかってきた。ふたつの力が、私の中で争っている。そう気づいた時、自然に私は理解していた。

——私の中には、二種類の精霊が宿っている。

花森だりあという私自身に宿った精霊と、花守家に宿った精霊と——。

《精霊指定都市》であるこの土地では、人の想いが強ければ、無形のものにも精霊が宿ることがある――それは薔子先生の件で知ったばかりだった。

そして、そんな無形のものに宿った精霊は、私の中にもいたのだ。その存在を認め、それに思いを致すと、精霊の想いが流れ込んできた。

人々を救う薬の花を育てる、花守の家を守り継ぐこと――。その代々の強い想いに、一族を見守る存在として精霊が宿ったのだ。

頭の中で精霊の記憶が渦《うず》を巻き、映画のフィルムにぐるぐる巻きにされたような気分になったあと、目の前に大きな洋館のある風景が広がった。

昔の写真みたいな、色味のない、茶色っぽい風景。初めは平面の写真に見えたそれは、どんどん立体感を持ち始め、気がつけば、私は自分の好きなように視点を動かせるようになっていた。

洋風の大きな館は、花守本家の住居だった。明治中期の地方の街でこれは、随分《ずいぶん》進歩的且《か》つかなりの財産家であることが窺《うかが》えた。万病に効く薬の花が、花守家に無限の財産を約束していたのだろう。長男の春哉は病弱で寝付いていたものの、美しき令嬢・梗子は洋装を着こなし、快活に社交の場へ出て、その頃の花守家は華やぎに満ちていた。

雲行きが変わったのは、梗子の前に黒田幸彦が現れてからだった。東京からやって来た資産家の次男という触れ込みの彼は、風采《ふうさい》も良く、機知に富んだ会話は楽しく、あっという間に梗子を夢中にさせてしまった。

幸彦は花守家の当主夫妻にも巧く取り入り、梗子との婚約を認めさせた。春哉も妹の婚約を喜び、婿に入って家を継いでくれるという幸彦を歓迎した。

一方で、精霊の視点で見れば、花守家の精霊は幸彦の正体を見破っていた。彼が詐欺《さぎ》組織の一員であることも、梗子との婚約に際して身内と紹介した人物が金で雇った役者であることも、すべてが精霊の目には見えていた。

花守家は卑劣《ひれつ》な詐欺師の標的となった。幸彦は、自分の邪魔になりそうな花守家の人間を、傍目《はため》には事故や急の病にしか見えない形でひとりずつ消していった。父が死に、母が死に、泣き崩れる梗子を慰めながら、幸彦の心は自分の自由になる財産が増えることに躍っていた。

そうして、とうとう花守家に残ったのは梗子とその兄・春哉だけになった。幸彦にとって、ほとんど寝たきりの春哉は物の数に入っていなかった。これで花守家は自分のものになったと確信した。そこに気の緩《ゆる》みが生じた。

幸彦が無頼《ぶらい》の輩《やから》と通じていることを、梗子が知ってしまった。すべての企《たくら》みを知った梗子は、怒りと絶望に衝《つ》き動かされ、伝来の花畑に火を放ち、幸彦を道連れに死を選んだ。

私の目に見える世界が、真っ赤に染まった。

精霊の記憶が炎に包まれたのだ。熱風に巻かれ、ただ見ているだけの私自身も生命《いのち》の危険を感じるほどの息苦しさに襲われたあと、場面が花守家の館に移った。そこには、花守の血筋でひとり取り残された春哉さんがいた。

ここまでは、花守家の精霊が見た事実と薔子先生のおばあさんが書いた創作ノートとに大きな齟齬《そご》はないようだった。

――このあと、ものすごい名医が現れて、春哉さんが奇跡の健康体になるの？　そして家が盛り返す？　そんな都合のいいことが、本当にあったの……？

ここからが、面白半分の噂話が盛り上がるところだった。私は緊張気味に、精霊の記憶を追った。

静まり返った館の中、病み衰えてベッドに寝付いていた春哉は、おもむろに身を起こすと、声を上げた。

「――守り神！　花守の守り神！　いるんだろう。僕を見てるんだろう」

天井の高い部屋に、春哉の声だけが響いた。

「見せる姿がないなら、それでもいい。聞いてくれ。僕はずっと、この家を守る神がいるのを感じていた。花守の家に何が起きても、ただ見ているだけの神だ。守り神はそれでいいと思っていた。だから僕も何も言わなかった。──でも、今だけは僕の願いを聞いてくれ。一生のお願いだ」

風もないのに、窓のカーテンが揺れた。窓辺に飾られた花が震える。

「僕の身体をおまえにやる。どうせ僕はもう長く生きられない。僕の代わりにこの身体を使って、花守の家を守り継いでくれ──」

次の瞬間、痩《や》せた春哉の姿が二重にぶれた。

その片方が薄れてゆく一方で、もう片方がみるみるうちに、血色豊かで健康的な青年へと変貌《へんぼう》していった。

薄れた方の春哉さんの姿が完全に消えた時、何が起きたのかを私は悟った。人の噂話が真実を伝えていなかったことを知った。

花守家の守り神──春哉さんがそう呼んだ花守家の精霊は、彼の最期の願いを聞き入れた。春哉さんの精気を残らず吸い取ることで生身を得、彼に成り代わったのだ。

精霊が生身を得ようとする時、ひとりの人間からだけ多くの精気を取り入れると、その人間の精気に支配されることになってしまうのだと総帥が言っていたのを思い出す。けれどこの場合は、それでいいのだ。精霊の目的は、春哉さん自身に成り代わることなのだから。

花守春哉になった精霊は、花守家に残された資産を運用し、さらに援助を得られる財産家の娘を妻に取り、断絶しかけた家を盛り返させた。

花守の字を変えることになったのは、不幸が続いた家の名のままでは験《げん》が悪いから変えろ、と妻の実家から援助の条件を出されたためだった。さすがにまったく違う名にすることは拒《こば》み、漢字一字を変えるだけで済ませてもらった。

そうして、伝来の花畑を失った花守家は『花森家』となって生まれ変わり、この土地で有数の資産家として栄え続けたのだ――。

私は心の中で指を折り、先祖を遡《さかのぼ》った。

花守春哉という人は、大ばあさまのひいおじいさんに当たるという計算になる。そこから花森家は、精霊の血筋となったのだ。人でありながら、精霊でもある。普通の人間と交わり、世代を経ても、精霊の血筋は続いている。

――私の体質は、そのせいだったということ――？

私の精気が特別に強いのは、精霊を見る力のコントロールが難しいのも、自分自身と花守家と二種類の精霊を抱え込んでいたから？

でも、だったらお母さんやおばあさまたちは？　私以外の花森の人間は、精霊が見える力があって困っているようには見えない。どうして私だけ？

それに、お父さんは？

父親が精霊なのだとばかり思って悩んでいたけれど、まさかお母さんの家が精霊の血筋だとは予想外の話だった。じゃあ、お父さんの存在が無視されているのには、何かまた別の事情があるの？

明らかになった事実がある一方で、謎もまた深まってしまった。

これはもう、改まって話をするのが怖いなんて言っている場合ではない。お母さんやおばあさまたちと、ちゃんと腹を割って話さないと。事情をしっかり聞かせてもらわなければ。

そう思うのに、私は身動きが出来なかった。

花守家の精霊と感覚が重なったまま、意識が現実に戻れない。花森家が精霊の血筋になってから代々の出来事が、ものすごいスピードで目の前を流れてゆく。速過ぎて視認出来ず、何がなんだかわからない。

精霊が見え過ぎる時と一緒で、なんであっても見えるものが過ぎると酔ってしまう。私がふらふらになると、主導権を精霊の方に握られて、ますます自分の意思で身体《からだ》を動かすことが出来なくなった。

そもそも、現実の私は今、どこにどういう状態でいるのだろう？　総帥にしがみついたまま、夢うつつで花守家の精霊の記憶を辿《たど》っているのだろうか。身体の感覚がなく、目は見えているのに現実の世界を見てはおらず、どうすれば元に戻れるのかわからない。

このまま、精霊に身体を乗っ取られてしまったらどうしよう――。あんまりにも自分の身体が自分の思うようにならないので、そんな不安が込み上げてきた。

花守家の精霊は、一度人に成り代わったことがあるのだから、それに味を占《し》めて、また人の身体を欲しているのかもしれない。それが目的で、ずっと私の中に潜んでいたとか？

――怖い。

私の不安が増すのは、花守家の精霊の心が見えないからだった。記憶を辿ったといっても、精霊が見たものを私も見ただけで、その時に精霊が何を考えていたのか、その感情までは私に伝わってこなかった。

死にゆく春哉さんの精気を残らず吸い取った時、精霊は何を思っていたのか。それがわからないから、私に対して何を思っているのかもわからない。だから、何か怖い目に遭《あ》わされるかもしれない、という恐怖が募《つの》る。

——総師、救けて……！

開けていても役に立たない目を閉ざし、総師の存在をどこかに見つけたくて神経を研《と》ぎ澄ませた。

暗闇の中に、鮮やかな緋色《ひいろ》を探す。——轟々《ごうごう》と燃えるあれは違う。あれは花畑を包んだ炎の赤。——飛び散る赤い飛沫《しぶき》。あれも違う。あれは梗子さんが幸彦さんの喉《のど》を掻《か》き切った時に散った血飛沫。

目を閉じても、精霊に見せられた過去の光景が蘇《よみがえ》る。自分自身の目で見た緋色を求めて精霊の記憶を振り払ってゆくと、全身真っ赤にコーディネイトされた幼い日の私が現れた。お父さんの仕業《しわざ》だ。このどさくさで、お父さんの顔を思い出せればいいのに——と目を凝《こ》らす。けれど幼い私の隣に父の姿はなかった。

私のお父さんは一体、何者なんだろう——。

何もかもがわからない。不安と心細さで、泣きたくなった。瞼《まぶた》の裏に広がる世界が赤く滲《にじ》む。

誰かがしゃくり上げて泣いている声が聞こえた。泣いているのは私？

それを慰めるように、優しい声が響いた。

「――だりあちゃん。泣かないで」

総師の声だ。

「僕がここにいるから――」

目の前に赤いスーツの腕が見えた。私は力の限り、その腕にしがみついた。

総師――！

7

目が覚めると、私はどこかのベッドに寝かされていた。

傍《かたわ》らには総師がいて、私が目を開けたのに気づいて優しく顔を覗《のぞ》き込んできた。

「だりあちゃん、大丈夫かい？」

「ここは……」

「花森本家の客間だよ。君が倒れちゃったから、ここに運び込んだんだ」

なんとなく見覚えがある部屋だと思ったら、大ばあさまの屋敷だったのか。

　自分のいる場所がわかってほっとしたのも束の間、自分の手の所在にも気づいて、私は慌てて腕を引っ込めた。どうやら、私の手はずっと総師のスーツの袖《そで》をぎゅっと握っていたらしい。

「すみません、ずっとここに引き留めちゃってたんですか……？　振り払ってくれてもよかったのに……」

　ベッドの上に身を起こし、引っ込めた手をもじもじとすり合わせると、総師は笑顔で答えた。

「別に、全然構わないよ。だりあちゃんの寝顔が可愛《かわい》かったからね」

「そっ……しれっとそういうこと言うの、やめてください……！」

　どう切り返していいのかわからないから！

　私が全身もじもじ状態に陥《おちい》っていると、何を誤解したのか、総師が身を乗り出してきて私の肩を抱き寄せた。

「寒いの？　まだ具合が悪いなら、気持ち良くしてあげようか？　ほら、おいで」

「さ、寒くなんかありません！　大丈夫ですから……っ」

　慌てて総師の腕から逃れようと暴れるも、ベッドの上、下半身は布団を掛けている状態で、抱き寄せられかけてもがいてバランスを崩せば、どうなるかは自明の理だった。

「――!」

ひいええ〜〜〜〜!　と心の中では金切《かなき》り声《ごえ》の悲鳴を上げていたけれど、現実には声は出なかった。ただただ、ベッドの上で仰向《あおむ》けになって、男の人に乗っかられているという状態にびっくりして、喉どころか全身が固まってしまっていた。

総師の整い過ぎた容貌《ようぼう》を真上に見るというのは初めての経験で、脳が現実逃避を選択したのか、美形はどの角度から見ても美形なんだな――なんて呑気《のんき》なことを思った時。

ノックの音と共に扉が開き、大ばあさまが顔を出した。

「んっ?　だりあ、気がついたのかい?　……って、何やってるんだい、おまえさんたち」

とんでもない場面を身内に目撃されて私は真っ青になっているというのに、総師は体勢維持のまま顔だけを大ばあさまの方へ向けて答える。

「だりあちゃんが辛《つら》そうだったんで、気持ち良くしてあげようとしていただけですよ」

「だから、そういう誤解を招く発言はやめてくださいって何度も言ってるじゃないですか――!」

恥ずかしさから出る咄嗟《とっさ》の馬鹿力で、私は慌てて総師を押し退けて起き上がった。そして大ばあさまに向けてごまかし笑いを浮かべる。

「ご、ごめんね、なんだか倒れちゃったみたいで迷惑かけて……！　別に、なんでもないの、総師が心配してくれて、勢いで変な体勢になっちゃっただけで……！　そ、それより、大ばあさまこそ、出歩いてて大丈夫なの？」

露骨に話を変えた私に、大ばあさまは肩を竦《すく》めながら答えた。

「あたしは、怪我《けが》も何もしてない、ピンピンしてるって言っただろ。ボロ泣き状態で気を失って運び込まれてきたあんたの方が、よっぽど重症だろう」

「ボロ泣き――」

私は反射的に自分の頬《ほお》に手を遣《や》った。

あれは、私の精神世界だかなんだかわからない場所だけでの出来事じゃなくて、現実の私も泣いていたってこと？

「――あの場所で何があったんだい、だりあ。この悪戯者《いたずらもの》の大きな図体《ずうたい》を投げ飛ばせるほど元気になったなら、話を聞かせてくれるかい？」

大ばあさまが、いつの間にか平然と隣に立っている総師を横目で睨《にら》みながら言う。その口調からして、大ばあさまも総師のセクハラギリギリ悪戯好きを知っているようだ（だったら、どうしてそんな人のところへ曾孫《ひまご》の私を――!?）。

「別に、投げ飛ばしてなんかいないけど……！　押し退けただけで――」

訂正《ていせい》を入れつつ、心の中で文句を渦巻《うずま》かせつつ、実際のところ、精神的疲労はあっても身体的にはそれほど消耗《しょうもう》していなかったので、私は言葉を探し探し答えた。

「……私の中に、花守家の精霊がいたの。あの場所に行ったせいで、それが暴れ出したみたいで──それで、精霊の記憶を見たの。『花守家騒動』が起きた時のことを──」

大ばあさまは椅子《いす》を引っ張ってきてベッドの傍に座り、私の話を最後まで聞いたあと、穏やかな口調で語り出した。

「あの騒動以来、花森家ではね──精霊の血筋が言い伝えられ、精霊の存在に理解のある人間を伴侶《はんりょ》に選びながら、世代を重ねてきた。あたしの父親は、かなりはっきり精霊を見る人だった。あたしも若い頃は精霊がはっきり見えたけれど、婿を取って子供を生んでからは、ぼんやり程度にしか見えなくなったね」

「大ばあさまも、精霊が見えるの……!?」

初めて知った事実に、私は目を丸くした。大ばあさまはお茶目に笑ってみせてから続ける。

「あんたのおばあさん──百合子《ゆりこ》も幼い頃は精霊を見たけど、徐々にその力が薄れて、十五になる頃にはほぼ見えなくなっていたね。そして百合子の長女、あんたにとっては伯母《おば》さんのあやめと、その娘・牡丹《ぼたん》は、むらのある精霊の見え方をする。その時の調子によって、よく見える時と見えない時があるらしいよ」

「あやめ伯母さんと牡丹ちゃんも……!?」

母の姉であるあやめ伯母さんは、現在旦那《だんな》さんの仕事の都合で転勤生活、従姉《いとこ》の大学生・牡丹ちゃんは英国に留学中である。

「そして、あんたの母さん――葵《あおい》は、気配を少し感じられる程度で、精霊の姿を見たことはないと言っている。精霊の血筋による力の現れ方はそれぞれだけど、普通の人の血がどんどん入るうち、精霊の力は薄まっているように思えた。――でも今、だりあ、あんたにはまた強い精霊の力が現れている」

「……どうして、私にだけ……?」

大ばあさまは「わからない」と言って頭《かぶり》を振った。

「齢《とし》をひとつ重ねた時や、出産なんかで身体に大きな変化が起きたタイミングで、力が弱まったり強まったりするようではあるんだけどね。あんたの場合は、十六の誕生日がひとつのスイッチになったみたいだね」

だから、今年の誕生日が来てから、急に精霊の見え方がひどくなったということ？

「私は――どうすればいいの？　花森家の人間は、みんな多かれ少なかれ、精霊の力を引いているということだよね？　それが、私にだけなぜか多く集まってしまって塊《かたまり》になって、私の中に眠っているということ？　私にはどんな役目があるの？」

　今は静かになっているけれど、また何かのタイミングで精霊が暴れ出すかもしれないと思うと、怖い。私は自分の身体を抱きしめた。

「どうすればいいのか――それをあたしもずっと考えているんだよ」

　大ばあさまは物思わしげな表情で言う。

「人であり精霊でもある花森家の血を繋《つな》いでゆくという意味では、一番濃い精霊の力を持つだりあがこの家を継いでくれるのが、一番いいのかもしれない」

「えっ」

　思いがけない、家督相続の問題？　大ばあさまの悩みって、そういう話？

　私が少し焦ると、大ばあさまはまた頭を振った。

「でもね、そうやって精霊の力を繋いでゆくことに何の意味があるのか――とも思ってしまうんだよ」

「え……」

「人はなぜか、今自分が持っているもの、長く伝えられてきたものや特別な力を、残さなければ、繋いでいかなければ――と思ってしまうけれど、冷静に考えれば、今の花森家が精霊の力を繋いでゆく意味なんてないと思わないかい？　精霊の力が、あたしたちにどんな得を与えてくれる？」

「……」

確かに、私にとって精霊の力は、得どころか厄介《やっかい》なものでしかなかった。この力さえなければ、私はもっと普通に生きられたはずなのだ。

黙り込んだ私に、大ばあさまは優しい口調で言った。

「──だからね、花森家の事情を知ったからといって、あんたは、自分が花森の家を継がなければとか、精霊の力を生かして何かをしなければなんて、余計な責任を考えなくていい」

「大ばあさま──」

「ただ、実際に抱えている力は使いこなせないと困るからね、そこをなんとかしてもらおうと、あんたを精霊探偵社に預けたんだ。血筋の事情については話すタイミングを窺《うかが》っているうちにこんなことになってしまったけど、精霊の存在と、自分の力の由来を知った上で、自分の将来はあんたが自分で好きなように決めればいいんだよ」

「──……」

私の将来。精霊の力を繋いでゆく意味──。それを考えた時、ふと、脳裏《のうり》にひとつの場面が蘇《よみがえ》った。

春哉さんの懇願《こんがん》を聞き、彼の精気を吸い取った花守家の精霊。

あの時、精霊は何を思っていたのか。それがずっと気になっている。先日の金木犀《きんもくせい》の精霊みたいに、人の生身を得てみたかったのか。だから絶好の機会に嬉々として、春哉さんに成り代わったのか。それとも、ただひとり残った花守家の人間の悲痛な願いに、断腸《だんちょう》の思いで彼の精気を吸ったのか。

私の中にいるあなた――どっちなの？

心の中での問いに応えるように、心臓がどくんと跳ねた。

これはあの時と一緒だ。

あの何も咲かない花畑に足を踏み入れ、花守家の精霊が暴れ出した時と――。そう気づいた次の瞬間には、視界がぐにゃりと歪み、意識は精霊の感覚に重なっていた。

――好きであんなことをしたわけじゃない！

頭の中に、春哉さんの声が聞こえる。ううん、違う。これは花守家の精霊の声？

――春哉がどうしてもと言って聞かないから、願いを叶えただけだ。まさか本当に人間に成り代われるなんて思わなかった。やってみたら出来てしまって、驚いた……。

精霊の戸惑いが伝わってくる。後悔《こうかい》と言ってもいいような、困惑の感情。

さっき、花守家騒動の顚末《てんまつ》を見た時には、そこに精霊の感情は不在だった。だから不安が募《つの》りもしたのだけれど、あの時は目の前で繰り広げられる過去の出来事を受け止めるのに私が精一杯で、精霊の想いまで感じ取ることが出来なかっただけなのだろうか？　今は、何かの光景が見えるような視覚情報がない分、精霊の感情がよくわかる。

——あの事件当時は、春哉の最期の願いにほだされて、彼に成り代わって花守家を再興するのに必死だった。けれど、それから世代を経て、この家はもう花を守る『花守家』ではなく、読みが同じなだけの『花森家』になっていることに気がついた。

——花守家の本分である、守るべき花畑もすでになく、実質的な花守家の血筋は絶えた。今の花森家に精霊など必要ない。精霊の力を繫ぐことに意味などない。普通に人として事業を経営して栄えていけばいいだけの話だ。そうだろう？

精霊の問いに、私は何も答えられなかった。

だって、素直に「必要ない」「意味がない」なんて答えたら、この精霊は今ここに何のために存在しているのかわからなくなってしまう。相手の存在理由を奪うようなことを簡単には口に出来なかった。

——自分は大変なことをしてしまったのだと気づいた時には遅かった。一度人に成り代わってしまったばかりに、人と精霊が混じり合った血筋は花森家の一族皆に継がれている。

今さら消すことも剝《は》がすことも出来ない。

返事をしない私に構わず、精霊は語り続ける。もしかしたら私と会話をしたいわけではないのかもしれない。ただ誰かに自分の気持ちを吐き出したいのかもしれなかった。

――あの時、本当はどうすればよかったのか。花守家の最後のひとりが生を終えるのを、黙って見守ればよかったのか。精霊が人に同情などしてはいけなかったのか。一時《いっとき》の同情が、花守家の運命を変えてしまった――。

花守家の精霊は苦しんでいる。

私はそのことにやっと気がついた。花守の畑に足を踏み入れた時、私の中で暴れたのも、そうやって私を支配しようとしたわけではない。ただあの場所で過去を鮮やかに思い出して、苦しんで、のたうち回っていたのだ。

そう思うと、精霊を憎めなくなった。

自分自身に宿る精霊以外の、定員オーバーで居座るこの精霊のせいで、私はずっと異常な感覚に悩まされてきたのだろう。でも、事の起こりを知ってしまうと、文句を言えなくなった。

己の身を捧げてでも花守家を残したかった春哉さんの想い。それを叶えてやりたかった精霊の想い。そこには悪意も打算も何もない。

悪いのは詐欺師《さぎし》の黒田幸彦だ。春哉さんも精霊も悪くない。それなのに、精霊は苦しんでいる。

本当の花守家の最後のひとりが死にゆく時、共に生を終えられなかった苦しみ。一時の同情で人に成り代わってしまった後悔の苦しみ。継がれた花森家の血筋の中で、消滅するタイミングを失ってしまった苦しみ。

幾重にもなった精霊の苦しみが、私の胸まで締めつけて、苦しい。

この精霊は、この間の金木犀の精霊のように、自分の意思で消滅することすら出来ないのだ。人と混ざり合ってしまった花森家の血に縛《しば》られて。

私は、私の中にいるこの精霊のために、何をしてやれるんだろう——。

精霊の苦しみに引きずられ、自分の無力さに打ちのめされ、黒くて深い淵に沈み込みそうになった時、どこからか私を呼ぶ声が聞こえた。

「——だりあちゃん。だりあちゃん」

はっと我に返ると、私は総師の腕の中にいた。

「だりあちゃん、大丈夫かい？」

「……あ、すみません……。ちょっと、精霊の感情に引き込まれてしまって——」

ひどく重い、遣《や》り切れない気持ちになってしまっていたのが、目の前に鮮やかな緋色《ひいろ》の生地を見て、すっと冷めた。総師のこの馬鹿げた服装センスは、とりあえず気付けの役には立つ。

ただし問題は、総師の腕の中は甘過ぎることだ。私の身体《からだ》にまだ力が戻っていないことを悟って、強く抱きしめられると、とろけそうになってしまう。気持ちが良くなり過ぎて、この腕を離したくなくなるから困る。

依存性の高過ぎる腕の中で、ジタバタ暴れてなんとか放してもらうと、いつの間にか部屋に人が増えていることに気づいて驚いた。

「お母さん……!?」

大ばあさまの隣から心配そうに私を見ているのは、母の葵だった。会社から直行してきたのか、仕事用のスーツ姿である。

「どうしたの、急に――」

慌てて総師の腕から逃れてお母さんのもとへ歩み寄ろうとしたところに、ノックの音が聞こえ、今度は小ばあさまが扉を開けて入ってきた。その後ろにはひとりの若い男性がいる。小ばあさまが連れてきた人の顔を見て、私はさらに驚いてしまった。

「竹生さん!?」

どうしてここに、精霊の都の都庁職員である竹生さんがいるんだろう？

しかも、お母さんもおばあさまたちも総帥も、視線がちゃんと彼を捉えているのがわかった。竹生さんは精霊で、この場にいる人間の中で彼の姿が見えるのは私だけのはずなのに、どうしてみんなにも見えているんだろう？

私は憮然《ぶぜん》と竹生さんを見つめた。

――というか、姿がはっきり見え過ぎているような気もする……？

特別な精気に満ちた都庁の中では、いろんな精霊が人の姿を取っていて、まるで普通の人間と同じように見えたけれど、こちらの表側の世界では、人の姿を取った精霊と普通の人間は一目で違いがわかる。質量が違うというのか、精霊は少し身体が透けて見えるのだ。

それなのに、目の前の竹生さんは、生身の人間と区別がつかないレベルのくっきり具合だった。

「……竹生さん、何か特別な魔法でも使ったんですか？　その――すごく、よく見えてるみたいですけど……」

言葉を選びながら訊ねると、竹生さんは少し困ったような顔で、お母さんの方へ視線を遣った。

――そのアイコンタクトは何？　お母さんと竹生さんは知り合い？

きょとんとしている私に、お母さんが硬い表情で言った。

「この人はね、精霊じゃなくて人間なの。あなたの父親なのよ」

「……は、はえぇっ!?」

思ってもみなかったことを告げられ、私は素《す》っ頓狂《とんきょう》な声を上げたあと、絶句した。

8

人生で今が一番、呆気《あっけ》に取られていると自分で思った。

お母さんが何を言い出したのかわからなかった。竹生さんが父親？　大学生くらいにしか見えない、ビジネススーツの似合わないこの人が？　私、この人がいくつの時の子供よ？　しかも、精霊じゃなくて人間？　じゃあどうして精霊界に住んで、都庁で働いてるの？　お母さんって、こんな時にそういう冗談言う人じゃないでしょう――？

何からどう突っ込めばいいのか、私が頭を抱えている間に、お母さんが「説明するから、聞いて――」と言った。

「……うん。聞くから、説明して」

この混乱を収めるには、詳しい話を聞くしかない。私は素直に頷《うなず》いた。

少し長くなるけど、と前置きして、お母さんは静かな口調で語り出した。

「――私が花森家の事情を知ったのは、ふたつ年上のあやめ姉さんがそれを教えられるのと同じ時だった。姉さんは子供の頃から時々、おかしなものが見えることがあると言っていて、高校に上がるくらいの時、お母さんがその正体を教えてくれたの。私は、見えるというより、少しおかしな気配を感じることがあるな、という程度だったのだけれど、姉さんに説明するついでに、私にも教えてしまおうということだったらしいわ」

そんなお母さんの言い方に、小ばあさまが軽く肩を竦《すく》めて答える。

「同じことを二度説明するのは面倒じゃないの。あんたは小さい頃からしっかりした子だったし、あやめと一緒に教えてしまってもいいだろうと思ったのよ」

ちなみに、今はこの土地で花森家の事業に携《たずさ》わっている小ばあさまも、結婚してから娘ふたりが成人するまでは東京に住んでいたのだという。だからお母さんもあやめ伯母《おば》さんも生まれ育ちは東京で、私同様に花森本家への出入りは頻繁《ひんぱん》ではなかったと聞いている。

「先祖が精霊だったなんて、どんなファンタジー小説かと思ったけれど、姉さんはそれを聞いて面白がっていたし、私は私で、ちょっと変な気配をたまに感じる程度で大した実害はないし、話を聞くだけ聞いて胸に納めて、それっきりだった」

お母さんも伯母さんも、神経が太い……。私は苦笑いしながら感心した。

「姉さんは、お母さんの生き方に倣《なら》って、精霊の存在に理解のある誰かと結婚したら、しばらくは相手の生活に付き合って、その後は花森家を継ぐ方向で考えると言っていたから、私は好きにさせてもらうことにした。商社に入って働いて、精霊なんて存在とは縁もなく、結婚願望も特になく、ただ仕事が楽しかった。——そんなある日の仕事帰り、マンションの近くの道路に行き倒れている大学生くらいの青年を見つけたの」

お母さんの視線が竹生さんに向く。

「もしかしたら、大学生じゃなくて高校生かもしれない——それくらい若い子だった。今時、行き倒れというのも何事かと思ったけれど、ちょうど近くに他の人通りもなかったことと、その子がなんだかすごく奇妙な気配を纏《まと》っていることが気になって、放っておけなかった」

「奇妙？」

私が訊き返すと、お母さんは説明を重ねた。

「——つまり、精霊みたいな気配を感じたの。普段はたまにしか感じない、よくわからないものの気配が、姿を取ってそこにいる——そんな風に見えたの。だから部屋に引きずって行って看病して、あんなところに倒れていた理由を聞いたの」

お母さんは再び竹生さんに視線を遣って続ける。

「その青年は、竹生篠舞と名乗った」

「えっ」

目を丸くして私も竹生さんを見た。計算が合わない。私が生まれる前の時点で高校生か大学生なのはいいとして、今もそのくらいの年齢にしか見えないのはどういうこと？　それに、さっきお母さんは、竹生さんは人間だと言い切ったのに、精霊の気配を纏っているというのは、どういう意味？

「私が花森の人間だと知ると、篠舞は自分の事情を教えてくれた。精霊の世界では、花森家の精霊の血筋は有名らしいわ。――篠舞は、人間だけれど、赤ん坊の頃に竹藪《たけやぶ》の中に捨てられていたのを精霊に拾われて、精霊の都で育てられてそのまま都庁で働いているのだと言った」

「えぇっ？」

私はもう、穴が開くほどまじまじと竹生さんを見つめてしまった。人間の捨て子が精霊に育てられるなんて、そんなお伽話《とぎばなし》みたいなことが現実にあるの？

「人間だけれど、精霊の都で暮らした時が長過ぎて、精霊と変わらない気配が染みついた上に、齢《とし》の取り方が普通の人間とは違うんだそうよ。若く見えるけど、実は江戸時代の生まれだと聞いてびっくりしたわ。飢饉《ききん》の時に口減らしで捨てられたみたい」

「江戸時代!?」

「……中期頃です」

竹生さんが申し訳なさそうな顔で補足した。でも問題はそこじゃない。

「や、中期の生まれでも後期の生まれでも、尋常《じんじょう》な話でないことに変わりはないですから……！」

こんな、お父さんのスーツを借りてきちゃったみたいな若造に見えて、江戸時代生まれって！　二百……ううん、三百歳くらいってこと!?

「まったくね、本当はジジイのくせに、私よりお肌ピチピチで憎たらしかったんだけど」

お母さんが珍しく憎まれ口のようなものを叩くと、竹生さんが叱《しか》られた子犬みたいな風《ふ》情《ぜい》で説明の後を引き取った。

「すみません……。僕は都庁では渉外部《しょうがいぶ》で働いていて、人間であることを生かして表側の世界へ出張することも多かったのですが、現代の東京へは来慣れていなくて、あまりの人の多さに気分が悪くなってしまい——道端でばったり倒れたあと、気がついたら葵さんに救けられていました」

「……こんな感じで、どうにも頼りない人でしょう。しばらく居候《いそうろう》させて世話をしてあげているうちに、——まあ、その、情が移ってしまったというわけで」

お母さんは少し照れたような顔で横を向いて言った。自分の両親の馴《な》れ初《そ》め話を聞かされているのだと今さらながらに気づいて、私の方もちょっと赤くなってしまった。

「で、でも、いくら本当は人間でも、精霊界で育った江戸時代生まれの人とは結婚出来ないでしょう？　事実婚ってやつだったの？」

私の問いに、大ばあさまがニヤリと笑って答えた。

「そこはそれ、当時の精霊探偵社に頼んでね。なんとかしてもらったんだよ」

「なんとか、って――」

戸籍とか保険証とかの偽造!?　金木犀《きんもくせい》の精霊の桂《けい》さんが言っていたことは、本当だったの？　精霊探偵社って、本当にそんなダーティなことまでやってのけちゃうの!?

もちろん、私が生まれる前の話なら、当時の社長は総師じゃなかっただろうけど――。

などと思う私の視線に気づいた総師が、平然とした顔で言う。

「まあ、ふたりの間に愛があれば、手助けしてあげたくなるよね」

さらには小ばあさまも口を開く。

「仕方ないじゃないの。結婚はタイミングだし、葵が選んだ相手ならねぇ。なんとかしてあげたかったのよ。まあ当時の精霊探偵社には《So Sweet》なんて甘ったるい名前は付いてなかったけど、ふたりの愛のためならって、親身になって協力してくれたわ」

周囲に理解があり過ぎる……！（ていうか、やっぱり総帥が《So Sweet》を付け足したのか！）

私は呆《あき》れながら、気になって仕方ないことを訊ねた。

「でも、そんな無理を通してまで正式に結婚したのに、どうしてそのあと離婚したの？——もしかして、竹生さんが齢《とし》を取らないから……とか？　それで周囲に変な目で見られるからとか——」

お母さんはひとつため息をついてから答えた。

「それよりも、もっと深刻な問題があったのよ」

「もっと深刻？」

「赤ん坊の頃からずっと精霊の都で暮らしてきた篠舞の身体《からだ》は、表側への短期的な出張には耐えられても、長い時間滞在することは難しかったの。あなたが生まれて何年もしないうち、篠舞の身体に限界が訪れた。一日に何度も倒れるようになって、このままでは生命《いのち》に関わると思った。——だから、娘と離れるのを嫌がる彼をなんとか説得して、精霊界へ帰らせたの。周囲には、離婚したと説明してね」

「——……」

私の記憶に残る、父親とのただひとつの思い出。「だりあちゃんは赤が似合うね」と赤いものばかり揃えてくれた。おぼろげな父の顔が、目の前の人に重なる。

「本当に――竹生さんが私のお父さん、なんですか……？」

竹生さんは少し困ったような戸惑ったような顔で、頷いた。私はいつも、この人にこういう顔をさせてしまう。やっぱりそういう巡り合わせなのか。

「葵さんと、約束をしていたので――本当のことを話せませんでした。竹の精霊だなんて嘘をついて申し訳ありませんでした」

娘を相手に、竹生さんは他人行儀な謝り方をする（私だって、父親を「竹生さん」と他人行儀に呼んでいるんだから、お互い様だろうか）。

「お母さんと約束、って？」

「私たちは、別れたあとも定期的に会っていたのよ」

「えっ？」

あっさりと言ったお母さんの顔を、私は驚いて見た。

「篠舞がこちらへ出張してきた時、都合を付けて近況報告をし合っていたの。別に嫌い合って別れたわけでなし、私としては別居婚のような感覚でいたのだけど――こんなこと、まだ幼い子供には理解出来ないだろうし、花森の血筋のことも併せて、あなたがもっと成長してから説明しようと思っていたの」

お母さんは私をじっと見つめて言葉を続けた。

「――私の手元に残った幼い娘は、精霊を見る力が強いようだった。いずれは花森の精霊の血筋について教えなければならないと思ったけれど、まだ今は幼過ぎるからと様子を見ているうちに、あなたは精霊のことを口にしなくなった」

「それは……」

そんなことを言う子は、変な子だと思われるから――。

「成長するにつれて力が弱まることもあるのは、実際にうちの母もそうだったらしいから、それならそれでよかった、特に問題がないのなら今すぐに話すことでもないだろう――と、仕事の忙しさもあって説明を先延ばしにしている間、あなたはずっとひとりで苦しんでいたのね」

「……」

「今年の夏休み、あなたが、おかしなものが見え過ぎて辛《つら》いのだと打ち明けてくれた時――ずっと前からそうだったのだと言った時、私は、自分の目はどれだけ節穴《ふしあな》なのかと自分の鈍感さを呪ったわ。あなたがずっと苦しんでいたことに気づかなかった。もっと早く、精霊のことを教えてあげていればよかったと後悔《こうかい》した」

「お母さん……」

いつも格好良く働いているキャリアウーマンのお母さんが、こんな風に項垂《うなだ》れるのを初めて見て、私は言葉を失った。

「――でも、あなたの持つ精霊の力は、かなり強いのだということもわかった。精霊を面白がって暮らしている姉さんとはレベルが違う。もしかしたらこの子は、篠舞と同じように、この表側の世界ではうまく生きられないのかもしれない――と思った」

お母さんは顔を上げて、また私を見つめた。

「でも――でもね、私はすでに一度後悔していたの。この世界で、家族と一緒に暮らしたがっていた篠舞を、彼のためとはいえ強引に精霊界へ帰らせてしまった。あの時は、話し合いなんかじゃない。私が一方的にまくし立てて、無理矢理篠舞を家から追い出して精霊界へ帰らせた」

一方的にまくし立てる――？

私はお母さんから、感情的に叱りつけられたことはない。いつも理性的に、諭《さと》すように話す人で、そんなお母さんが「すべての物には神様が宿っている」なんてメルヘンなことを言うものだから、余計にそれが特別な真実に感じられて、物を大切に扱うようになったのだ。今から思えばそれは、まだ花森家の事情を説明するには早過ぎる幼い娘への、精一杯の準備動作だったのだろうか。

――そして、そんなお母さんがそこまで感情的になって竹生さんを精霊界へ帰らせたということは、お母さんは本当に竹生さんのことが大切だったんだ……。

私はお母さんと竹生さんとを見比べて、ひどくしんみりとしてしまった。私が想像していたような人間と精霊の悲恋とは違ったけれど、生きる世界が違う者同士の恋はやっぱり難しいのだと思った。

お母さんは竹生さんを見遣《みや》り、くちびるを噛《か》んで言う。

「だから、だりあには自分で自分の将来を決めて欲しいと思ったの。精霊の力を制御して人として生きるか、どうしても表側の世界では生き辛いなら、精霊界へ行って暮らすという選択もある――。この先をどう生きるか、精霊という存在を知りながら将来を自分で決めさせるために、花森のおばあさまとも相談して、だりあを精霊探偵社に預けることにしたの」

「僕が葵さんからそれを聞かされたのは、少しあとのことでした」

竹生さんが苦笑する。

「渉外部は精霊探偵社とのやりとりも担当しますから、いつものように探偵社へのホットラインを繋《つな》いだら、知らない女の子が出て驚きました。名前を聞いてもっと驚きましたが、ここで迂闊《うかつ》なことを言ったら葵さんに怒られると思って、余計な口を滑らせる前に電話を切りました」

「あの時……」

竹生さんからの電話を初めて受けた時のことを思い出した。確かにあの時、竹生さんはひどく戸惑っていた。

「あのあと、慌てて葵さんに連絡を取って、経緯《いきさつ》を知りました。君の教育は総帥に任せていて、まだ花森家の事情を話す段階まで行っていないから、親子の名乗りも控えるようにと約束させられて、都庁へ帰ったのです。初めは、夏休みだけのバイトだと聞いていたので、新学期が始まってもまだ君が探偵社にいるのを知って、そこでまた驚いたりもしましたが――」

何かといえば私とのやりとりに戸惑っていた竹生さんだけど、私の失敗が原因の時もあったにしても、それだけじゃなかったのか。お母さんから入る私の情報に時差があって、そのせいでいちいち電話口で戸惑っていたのか――。

「それで結局、初めて都庁で会った時は、竹の精霊だってごまかしたんですね」

「僕は、竹藪《たけやぶ》で拾われた子供ですから。それで長《おさ》に『竹生篠舞』と名付けられたんですよ」

「精霊の長が名付け親なんですか？」

「僕を拾って育ててくれたのは、長ですからね」

「そうなんですか……!?」

都庁で会った、古い楠《くすのき》の精霊だというしわしわのおばあさん。ちょっとお茶目な感じもする精霊《ひと》で、総師と秋祭りの屋台の話で盛り上がっていたのを思い出す。

「長は、だりあちゃんにとっては父方のおばあさんみたいなものだねぇ」

横から総師にそう言われて、私ははっとして総師を睨《にら》んだ。

「つまり、総師も初めから事情をすべて知ってたってことですよね？　だったら、どうして精霊のことを教えてくれるついでに、花森家の事情も説明してくれなかったんですか!?

——ううん、それ以前に、お母さんやおばあさまたちが教えてくれてもよかったのに！

どうして何も言わずに、私を精霊探偵社へ放り込んだの!?」

私の疑問に、大ばあさまが答えた。

「あんたに宿る花守家の精霊が強過ぎるからだよ」

「え……？」

「あんたの精霊の見え方や、精霊と同化までしてしまうという話を聞いて、これは尋常《じんじょう》じゃないと思ったからね。あんたが自然に、自分の中にいる花守家の精霊から事情を教えられるまで、余計な刺激は与えない方がいいだろうってことになったのさ。あんたの場合、花森家の事情を聞かされることは、あたしたちみたいにただ先祖の事情を知るのとは違う。あんたの中には強い花守家の精霊がいて、変なタイミングでそれを暴れさせたら、危険な目に遭《あ》うのはあんた自身だよ」

「でも――……」

「今回は、偶然漫画家の創作ノートを見たり、あたしが襲われたことがきっかけになって、あんたはあの花守の畑に足を踏み入れることになった。ちょうど潮時だったんだろうと思うよ。花守家の精霊も、あんたに自分の存在をわかってもらいたかっただろうしね」

「……」

私は俯《うつむ》いてくちびるを噛んだ。

周りの人たちが、みんなで私のことを考えてくれた上での段取りだったのはわかった。

確かに、精霊探偵社で経験したいくつかの事件のおかげで、私も精霊に対する知識が少し増えて、花守家騒動の顚末《てんまつ》を理解しやすくなっていたとは思う。精霊が語りかけてくる言葉に耳を貸すようにもなったし、そのせいで、自分の中にいる花守家の精霊に同情すらするようになっている。

でも、自分の持つ不思議な力にずっとひとりで悩んできた身としては、この扱いに、気持ち的に割り切れないものがあるのだ。

「だって――……私、ずっとお母さんに気を遣って、言いたいことも言えず、訊きたいことも訊けずにいたのに……」

私は俯いたまま小さな声で訴えた。

「自分に変な力があることを知ったら、お母さんに嫌われるかもって思ったし、もしかしたらお父さんにもこういう力があって、そのせいで離婚したとかなら、ますますこんなこと言えないって思ったし……」

「――だりあ」

お母さんが驚いたような表情で私の顔を覗《のぞ》き込んできた。

「私に嫌われると思って……？　言いたいことをずっと我慢していたの？　自分の子供を嫌うわけないでしょう。どうしてそんなこと――」

「……じゃあ、私が本当のことを打ち明けた時、初めにおばあさまのところに一緒に来てくれたあと、すぐ仕事に行っちゃったのは……？」

「それは、精霊については私より花森のおばあさまたちの方が詳しいし、私が余計なことを言ってしまったらいけないと思って、さっさと退散したのよ」

「私のことなんてどうでもよかったとかじゃなくて……？」

「どうしてそんな風に考えるの……!?　そんなわけないじゃないの――」

本当に意外そうな顔をするお母さんに、大ばあさまが肩を竦《すく》めて言った。

「葵は口下手《くちべた》過ぎで、だりあは変に気を回し過ぎなんだよ」

「だりあ」

お母さんが私を抱き寄せた。

「ごめんなさい。あなたがそんな風に悩んでいたなんて気づかなかった。手のかからない、しっかりした子だと思っていて——あなたに甘え過ぎていたのね」

「……しっかりした子でいないと、お母さんに迷惑をかけちゃうと思ってただけ。本当はもっとお母さんに家にいて欲しかったし、お父さんについて根掘《ねほ》り葉掘《はほ》り聞きたかった。全部、我慢してただけ——」

「だりあ……！」

お母さんが泣きそうな顔をした。そんな顔をさせたかったわけではなくて、私は瞬時に自分の発言を後悔した。でも、

「思ってることはちゃんと口に出すことだよ。自分のためにも、相手のためにもね」

大ばあさまにそう言われて、私は言葉を続けた。

「お母さん——今日は仕事だったんじゃないの？　会社は？」

「だりあの中の花守家の精霊が暴れ出したと連絡があって、飛んできたのよ。仕事よりあ

なたの方が大事に決まってるでしょう」

「──私がこんな体質で、迷惑じゃない？」

「それを言うなら、私の血筋があなたに花守家の精霊を伝えてしまったんだから、こんな親を持ってしまったあなたに迷惑をかけたと思っているわ」

「……本当だ」

私はお母さんの腕の中で笑った。

「何が？」

「最初から、思ってることをちゃんと言えばよかった。勝手に不安になってた自分が馬鹿みたい」

お母さんは決してお喋《しゃべ》りではないけれど、訊かれたことには真摯《しんし》に答える人だと知っていたのに。

「まったく、世話の焼ける母娘だねぇ」

大ばあさまと小ばあさまが揃ってため息をついた。このおばあさまズは、言いたい時に言いたいことを言う性分だから、そういう方面でのストレスは溜まらないだろう。どうせなら、そっちの血筋を引きたかったと思って私もため息をついた。

そこへ、竹生さんがやわらかな口調で言った。

「――それで、だりあちゃんはどうしたい？」

私は竹生さんの方を見遣《みや》った。

「どうしたい、って……？」

「精霊の力を抱え込んだまま、表の世界で生き辛いなら、こちらへ来ますか？」

「――」

そういう話をするために、今日、竹生さんはここへ来たの？

私は即座に発する言葉を思いつかず、お母さんの腕から離れると、誰とも目を合わせずに俯いた。

「――……」

花守家の精霊は、宿っていた本体を失い、精霊の都へ送るべき存在なのだろう。けれどその精霊は今、ひとつの存在ではなく、花森家の人々に受け継がれている。そして現在、一番強くその力が現れているのは私だ。

私が自分の中の花守家の精霊ごと精霊界で暮らすことにすれば、私も花守家の精霊も楽になれるのかもしれない。

でも――。

ふと総帥に目を遣り、思い出す。

金木犀《きんもくせい》の精霊事件の時、本体を失った精霊の処遇はケースバイケースだと総帥は言った。見つけ次第、首根っこを摑まえて精霊界へ送り込めばいいというわけではない、と。それはそのまま、私のことをも指していたのかもしれない……？

本体——本分を失った花守家の精霊の力を色濃く継いでいる私。そのせいで表側の世界で生き辛いからと、簡単に精霊の都へ逃げ込んでいいのだろうか？

精霊の力のせいでずっと苦しい思いをしてきたけれど、この力のおかげで、困っている精霊を救けられるのだということもわかった。精霊探偵社へやって来て、ほんの少しの日々の間でも、今まで出会ったことのない職業や境遇の人たちと知り合って、いろいろなことを知った。

私はずっと、自分が周りの人たちと違うことがたまらなく厭《いや》だった。

確かに、私は普通の人間ではないのだろう。でも、人間の中で変わっているとしても、それがどれほどの罪悪だというのか？

この世界には人の数よりも多くの精霊が暮らしていて、彼らから見れば、人の社会も昆虫の社会も、ひとつの種の社会に過ぎない。総帥やその周りの人たちと付き合ううちに、狭い人間のルールの中で悩みもがいている自分が、ちっぽけで馬鹿らしいとも思えてきていた。

そう、世の中には、まだまだ私の知らないことが多過ぎる。私は、どちらが良いと決められるほど、人間の世界も精霊のこともよく知らない。

「――私にはまだ、判断も決断も出来ないです」

私は竹生さんに向き直り、そう答えた。

「私は、人間と精霊の懸《か》け橋になる仕事にやりがいを感じ始めています。今後をどう生きてゆくのかは、もっと時間をかけて考えたいです。学校も――通信制の高校に転入したいと思います。そうして精霊探偵社で働きながら、将来のことをじっくり考えます」

ずっと悩み、揺れていたことが、するりと口から出てきた。

「それに、花守家の精霊は、人の役に立ちたいという気持ちを知っている精霊だから――無理に抑え込むのではなくて、力を貸してもらうことだって出来ると思う。そういう関係になれるように頑張ってみるのも、無駄じゃないと思うから――」

お母さんと竹生さんが、互いに顔を見合わせたあと、私を見つめて頷《うなず》いた。

「だりあがそうしたいなら、そうすればいいわ」

お母さんはそう言ったあと、大ばあさまに目配せをされて、

「私はだりあが決めたことを応援するから」

と続けた。一言付け足してもらえるだけで、心が軽くなるのがわかった。

「僕も、だりあちゃんの意思を尊重しますよ。精霊探偵社にいるなら、いつでも声が聞けるし、会いにも行けますしね。——ただ、精霊の都はいつでも君を迎え入れるということを、忘れないでください」

竹生さんにもそう言われて、私は思わず泣きそうになってしまった。

私はちゃんと両親に愛され、見守られている——。そのことを感じて、たまらなく嬉しくなった。

滲《にじ》む視界の端に、赤いスーツの総帥が優しく微笑《ほほえ》んでいるのが見えた。

夏休みの初め、ひどい気分で精霊探偵社を訪ねて、この人と出会った時のことを思えば、今は嘘のように気持ちが晴れやかだった。

9

それから数日後。精霊探偵社の応接間で、正式に社員となった私の歓迎パーティが開かれた。

花守家の精霊が抱く遣り切れない想いは未だ私の中にわだかまっていて、自分の中にいる二種類の精霊のせいで力のコントロールが難しいことに変わりはない。見えない鎖付きのチョーカーはまだ必要だし、甚《はなは》だ遺憾《いかん》ながら総帥との不適切な関係は続いている。

それでも、私の気分は前向きだった。自分で自分の居場所を決めたから。お母さんやおばあさまに言われたからではなく、私の意思で、この探偵社で働くと決めたから。

パーティに集まったのは、出張中だった他の社員四人と（今回初めて、面と向かって挨《あい》拶《さつ》をした！）、速水さんに南風さん、おばあさまズと私の両親。豪華な料理を作ったのはもちろん浚さんである。

花森家の事情については、速水さんや南風さんには何も話していない。けれど、都庁の竹生さんが私の父親だということは予《あらかじ》め話しておいた。そうしないと、一緒にパーティに来るというお母さんとの関係を説明しにくいからだ。

竹生さんの正体を知って速水さんと南風さんは大いに驚いていたけれど、すぐにそれを受け入れた。特に南風さんは、精霊案件の解決には精霊界と太いパイプがあるのは大変結構なことだと言って喜んでいる。精霊界育ちの人間を胡散臭《うさんくさ》いとか思うのではなく、利用出来るから有り難い、と歓迎するこの姿勢はすごいと思う……。

件《くだん》の竹生さんは、お母さんと一緒に赤い薔薇《ばら》の花束を持って現れた。

「葵さんと相談して、とりあえず全身真っ赤になるようなコーディネイトはやめなさいと言われたので、これを――」

やっぱりこの人は、いくつになっても私に赤いものを与えたいのか。

花束を受け取った私が苦笑していると、速水さんが横から口を挟んできた。

「赤い薔薇が似合うなあ、だりあちゃん。そんな困った顔してないで、やっぱり赤いドレスとか着てみようよ。絶対似合うし！」

「別に、困ってるわけじゃ――。ただ、赤い色は、お母さんがお父さんを思い出して厭《いや》な思いをするかもしれないと思ってたから――」

ちらりとお母さんの顔を見て、私は重ねて苦笑した。

それがまさか、私の知らないところでお母さんとお父さんは定期的に会っていたなんて。

私がひとりで余計な気を遣っていただけだったなんて――。

「……これからは遠慮《えんりよ》せずに、赤い服や小物も買います」

私は小さく言って、横でオードブルに舌鼓《したつづみ》を打っている総帥の方へ目を遣《や》った。

赤といえば、今日も総帥はキラキラ光る生地の派手な緋色《ひいろ》スーツに身を包んでいる。それを見てため息をつく。

この世の中には、私の知らないことがまだまだたくさんあるけれど、差し当たって身近なところでわからないものの筆頭がこの人物だ。

今まで何度となく救けてもらっているのに、やたら貌《かお》が綺麗《きれい》で、やたらお金持ちで、特技が百八つあるらしいということ以外、何者なのかまったくわからない。謎のヒーローと言えば格好はいいけれど、謎が過ぎるのも如何《いかが》なものか――。

そんなことを思って、私ははっと手を打った。

「――わかった！　『緋色』と『ヒーロー』を掛けてるとか？　総師って駄洒落《だじゃれ》好きなところあるし！」

私が突然大声を上げたので、周りの視線が一斉にこちらを向いた。

「緋色？」

怪訝《けげん》そうに首を傾《かし》げた速水さんが言う。

「……ああ、そういえばだりあちゃん、前から奇妙なこと言ってたよね」

その言葉に南風さんが頷く。

「総《そう》ちゃんがいつも赤い服を着てるのはなぜか、ってやつ？」

「そう、それ！　駄洒落でヒーローぶって、いつも緋色のスーツなんじゃないですか？《So Sweet》の総師で、緋色のヒーロー！　全部駄洒落！」

ようやく謎を解いたというドヤ顔で私が言うと、今日初めて挨拶をしたイケメン社員さんたちが首を傾げ合う。

「総師が緋色のスーツなんて着てたことあったっけ？」

「俺は見たことないなあ」

「え……？　だって、今も――」

私が総師を指差すと、お母さんが心配そうな顔で私の顔を覗《のぞ》き込んだ。

「だりあの目には、総師のスーツが赤く見えているの？」

「えっ……？　え？　だって、赤でしょ？　すごいキラキラしてる、舞台衣装みたいな派手なスーツ――」

周りの人たちがみんな、不思議なものを見るような目で私を見ていることに気づき、急に不安になった。

「えぇ……？　赤じゃ、ないの……？」

おずおずとみんなの顔を見回すと、総師がさらりと言った。

「僕のクロゼットに、赤い色のスーツはないねぇ」

「えっ――じゃあ今着てるこれは――!?」

私は思わず総師に飛びつき、キラキラ生地のスーツを摑《つか》んだ。どう見ても、ラメを織り込んだような赤い色の布にしか見えない。それなのに、

「あれは赤じゃないね」

「うん、赤じゃない」

周りから聞こえるのはそんな声だけで、私はすっかり混乱してしまった。

「どういうこと……？　私にだけ、いつも総師のスーツが赤に見えているということ？　だから、みんな――」

どうしていつも緋色のスーツなのかと、総師本人や、速水さんや南風さんに訊いてみたこともあった。思えばみんな、私にそう訊かれた時、奇妙な間を置いてから、「好きだから」じゃないのかと答えたのだ。それはどういう意味だったの……？

総師がではなくて、私が赤を好きだから、そう見えるのではないか――と答えていたということ？　みんなの私を否定しない優しさが、私の誤解を延長させていた？

「ええぇぇ……？　スーツの色だけじゃなくて、小物の色が赤いことも多かったけど……それも私の目にだけ……？」

精霊が色とりどりに見えるのはいつものことだけれど、人間にまで色を見てしまうなんて、そんなことがあるの？　もしかしたら他にも、私に見えている色と他人に見えている色が違っていることもあった……？

自分の目が信じられなくなって頭を抱える私に、

「別にいいんじゃないの？　だりあちゃんの目にはそう見える、ってことでさ。自分の描いた絵にどんな色を塗ろうと勝手なのと一緒だよ」

速水さんが画家らしいことを言うと、大ばあさまも口を開いた。

「だりあ。あんたは無意識に、赤い色に救いを求めていたんじゃないのかい？　だから総師に赤を見たんじゃないのかねぇ」

「救い……？」

私はぱちくりと瞬きして、総師を見た。

赤は私にとって特別な色だった。幻の父親に繋《つな》がる色。私に両親が揃っていた頃を思い出させる色。その色を、鮮やか過ぎるほどの色彩を、初めて会った日にこの人に見た。それからもずっと見続けた。その緋色の腕に救けられたことが何度もあった。

この人が自分を救ってくれると、求めている真実に導いてくれると、初めて精霊探偵社を訪ねた時から私にはわかっていたのだろうか？　そんなことがあり得るのだろうか？

こんな、すごくすごく変な人なのに？

どれだけ言っても電話の受話器を自分で戻さないような人なのに？

基本的にセクハラギリギリ（いや、ほぼアウト！）な人なのに？

――それなのに、私はいつも、土壇場《どたんば》で緋色の総師に救けを求めていた。いつも、緋色のその腕にしがみついていた――。

そのことに気づき、急に気恥ずかしさが込み上げてきて総師の前から逃げ出したくなった。けれど、どうしても気になることがあって、その場に踏ん張って訊ねた。

「……あの、これ、本当は何色なんですか？」

私が強く摑んだせいで皺《しわ》になってしまったスーツを気まずい思いで指しながらの問いに、総師は笑って答える。

「だりあちゃんには赤に見えるなら、そう見えていればいいんじゃない？」

「でも、本当の色が気になるんですけど！」

「だりあちゃんの目に見えるものが真実だよ」

「いいこと言ってる風な顔でまとめようとしないでください！」

そんなやりとりをしている間に、浚さんが総師の皺になった上着を脱がせている。そしてお得意の蔑《さげす》み目線で私を見た。

「まったく、税込み二九八円の娘がすることは……」

「え、ちょっと、なんで査定額が下がってるんですか!?」

三百円から二九八円《ニーキュッパ》に値下げされた!?

「総師の正しいお姿を見ることも出来ないような小娘など、これでも高価《たか》過ぎるほどです」

「そんな～……」

そこへ、背後から竹生さんの声が聞こえてきた。

「だりあちゃんがそんなに赤いスーツが好きなら、僕も赤いスーツを着てみようかな」

それを聞いて、私は慌てて振り返った。

「や、あの、竹生さんには似合わないのでやめた方が——！」

普通のスーツですら似合わないのに、こんな上級者向けの色を着こなせるとは思えない。総帥みたいにモデル張りの押し出しの強さがないと、緋色のスーツなんて絶対無理……！

私が必死に止めると、竹生さんは拗《す》ねてしまった。

「せっかく再会出来た娘が、父親より他の男に救いを求めていたなんて知りたくなかった……」

それをおばあさまズが慰めている。

「仕方がないよ、娘なんてものはいずれ父親離れするんだからさ」

「ずっと離れて暮らしていたんだから、しょうがないわね」

「葵さ〜ん……」

お母さんに泣きついている竹生さんを見て、「世話をしているうちに情が移った」と言っていたお母さんの気持ちがわかる気がした。確かに、放っておけない感じの人だ。私の父親って、こういう人だったんだ……と妙にしみじみした気持ちを噛《か》み締めていると、横からシャンパングラスを持った南風さんと速水さんの会話が聞こえた。

「いやー、しかし真っ赤なスーツの総ちゃんか、それはそれで似合うだろうなあ。今度実際に着て見せてもらおう」

「僕も見たい！　絵になるよーきっと。ていうか、絵に描きたいよ」

「やめてください、日常生活でこんな舞台衣装みたいな馬鹿げた恰好《かっこう》を目にする不幸は私だけで十分ですから！」

　私にしか見えていなかったなら、それはそれで不幸中の幸い。総師の変人ぶりを必要以上に広めることはない。

「あー、自分だけ緋色の総師を独《ひと》り占《じ》めしようなんて、だりあちゃんのケチ」

「ケチとかそういうことじゃないでしょう、私だって好きでそんな風に見えてるわけじゃないですし！」

　なんだか場がおかしな方向に盛り上がってしまったけれど、話題の中心にいる総師はそれを何ら意に介さず、浚さんお手製のスウィーツを頰張《ほおば》っている。

「うーん、これは言うなれば、火星から見たきらきら星の味だなぁ」

　――それはどんな味ですか。

　緋色を着ていようといまいと、やっぱりこの人が変人であることに変わりはない――。

そう悟って、私はため息をついた。

そしてその後——漫画家の東城薔子先生は、作業のデジタル移行を諦め、精霊アシスタントのレアさんにアナログで手伝ってもらいながら、『花守家騒動』を下敷きにした新連載を始めた。

事前に、ネタにしていいかどうか大ばあさまに確認があり、大ばあさまは好きにどうぞと答えたらしい。私が何も教えなかったので、薔子先生は騒動の真実を知らない。だから物語の中に精霊が登場する展開はないだろうけれど、

「花守家の物語が、精霊の手伝いによって描かれる——こんなに乙《おつ》な話はないねぇ……」

と大ばあさまは楽しく漫画を読んでいるようだった。

〔了〕

あとがき

こんにちは、我鳥彩子《わどりさいこ》です。

この度《たび》は新作をお手に取っていただき、ありがとうございます。

皆様も、ニュースなどを聞き流していて、『政令指定都市』が頭の中で勝手に『精霊指定都市』と変換されてしまう――なんてことありませんか？　この誤変換タイトルで何か短編を書きたいな――と思い、ちょっと考え始めたところ、

――あれ、短編じゃ収まらない。前後編くらいの長さが必要かな？

――いやいや、前後編でも収まらないわ。三話分くらい必要だわ。文庫一冊分くらいになっちゃいそうだわ。

ということで、この一冊が出来上がりました。

初出としては、二話目まではWebマガジンCobaltに掲載されまして、三話目は文庫書き下ろしという格好になっております。

この作品は、一昨年の末から昨年の頭にかけて書いたお話です。その時はまだ、二話目で総帥《そうすい》が言う「自分たちの目に見えないものがもたらす災難」が、こうまで人間を翻弄《ほんろう》する世の中になるとは思っていませんでした。

ただ、こういう事態が起こることそのものは、特に不思議とは思っていません。歴史的に見て、何度も繰り返されていることなのだと思います。

普段、この地球で人間は大きな顔をして暮らしていますが、新しい感染症が流行《はや》ったり、大きな自然災害が起きたりする度に私はいつも思います。

――この世界は、人間のために用意された楽園じゃないんだなあ。

この世界には人間以外のいろいろな生きものがいて（細菌《さいきん》やウイルスなどの病原体も生物です）、太刀《たち》打《う》ち出来ない自然現象があって、人間にだけ都合良くすべてを回そうなんて無理なんだなあ――。

当たり前といえば当たり前の話で、この思いは、私の創作の根底にあるもののひとつです。これまで書いてきたどの作品にも、多かれ少なかれこの思いの影響がありますが、今回の『精霊指定都市』は、それが久々にちょっと強めに出る作品になったかな――なんて思いながらノリノリで書いていたら、世の中がこんな風になっていました。

生きて繁栄《はんえい》したいのは、人間も動物も植物も細菌もウイルスも皆同じ。それが生物の本能らしいです。すべての生きものが生きたくて、繁栄したくて、陣取り合戦をしているのがこの地球です。人間の生存・繁栄だけが優先されて、他の生物のそれを踏みつけるのは傲慢《ごうまん》だなあとも思うし、そんな綺麗事《きれいごと》を言っている場合でもないんだろうなあとも思うし。そもそも地球にしてみれば、人間が繁栄することは自分の体内で有害なウイルスが増殖《ぞうしょく》するような気分でいるのかもしれないし。

そんなことを考えながら、逆に生存・繁栄の本能を持たない、すべての生きものが死に向かうために生きる世界のお話を書いてみたこともありました（『最後のひとりが死に絶えるまで』二〇〇九年デビュー作です。電子書籍で読めますよ。宣伝！）。

また、神様から人間のためだけの人間専用の楽園を創ってもらったとしたら、そこで生きる人々はどんな暮らしをするんだろう。欲しい物は全部神様が与えてくれて、困ったことがあったら神様が救けてくれて、人間に都合の悪いことは一切起きない。そんな世界があったとしたら――。デビュー前はそういうテーマのお話作りに没頭していたりしました。話が壮大になり過ぎて、未だに発表の機会には恵まれていませんが（苦笑）。

最近の世の中を見ていると、無性に、こういうことばかり考えていた若かりし頃のことを思い出してしまうのでした。

さてさて、私にしては珍しく、あとがきで真面目《まじめ》な（?）ことを書いてしまいましたが、趣味の外出がすべて取り止めになって久しいので、早く以前のような生活が出来るようになったらいいな！　と思っております。

最後になりましたが、装画で素敵な見返り美少女・だりあちゃんを描いてくださった、けーしん様、ありがとうございます。

そしていつもお世話になっている関係者の皆様、今この本をお手に取ってくださっているあなた、ありがとうございます。

楽しんでいただけましたら、お気軽にご感想などお寄せくださると嬉しいです。

二〇二一年　三月

外に出ようと出まいと、この季節は目と鼻が辛いです（泣）　我鳥彩子

ブログ【残酷なロマンティシズム】　Twitter【@wadorin】

※この作品はフィクションです。実在の人物・団体・事件などにはいっさい関係ありません。

集英社オレンジ文庫をお買い上げいただき、ありがとうございます。
ご意見・ご感想をお待ちしております。

● あて先
〒101-8050　東京都千代田区一ツ橋2-5-10
集英社オレンジ文庫編集部 気付
我鳥彩子先生

精霊指定都市

精霊探偵社《So Sweet》と緋色の総帥

集英社
オレンジ文庫

2021年4月25日　第1刷発行

著　者　我鳥彩子
発行者　北畠輝幸
発行所　株式会社集英社
〒101-8050東京都千代田区一ツ橋2-5-10
電話【編集部】03-3230-6352
【読者係】03-3230-6080
【販売部】03-3230-6393（書店専用）
印刷所　大日本印刷株式会社

ISBN 978-4-08-680377-9 C0193